金牌小说

Awarded Novels
长青藤国际大奖小说书系

The War with Grandpa
我和外公的战争

〔美〕罗伯特·基梅尔·史密斯 著　阿昡 译

晨光出版社

前 言
Preface

在爱里从无真正的战争

我小时候生活在一个大家庭里,童年几乎每天都跟奶奶在一起。奶奶慈祥、宽容,做得一手好菜,是我童年生活中最温煦的阳光。以至于长大后我总是想,等我老了,我也要成为奶奶那样的长辈。天下的祖辈,莫不是慈祥温和、甚至溺爱孩子的,都愿意把自己最好、最心爱的东西,给孩子们分享。

现在像我小时候那样的大家庭很少了,现在的小朋友当中,很多人都是偶尔才会跟爷爷奶奶外公外婆(姥爷姥姥)生活在一起。祖辈们偶尔来住一段时间,如果爸爸妈妈要让你把自己心爱的东西给他们,比如让出房间给他们住,你会作何反应呢?

《我和外公的战争》中，故事就是这么开始的，"战争"也是这么开始的。上五年级的彼得无比深爱自己的房间，摸黑都知道每样东西放在哪里，然而外公的到来，竟要使他彻底失去自己的房间，永远住在阴森可怕的顶楼上。彼得不甘心，在与爸妈抗争无果后，决心直接与外公"宣战"。

　　事实上，真正的战争——国与国之间，也都是这样开始的：争夺你我都想要的东西。用专业一点的话来说，战争是出于对资源的争夺。当资源稀缺，彼此又不可调和的时候，战争往往就难以避免。彼得与外公的这场战争也正儿八经地按照常有的程序来进行：宣战、应战、讲和（谈判）失败、战争开始、战况升级、分出胜负、投降、战争结束。

　　外公做过很多努力来试图讲和，但矛盾无法调和。他没有办法把彼得的房间还给他（他的腿伤导致他无法经常爬楼，家里也没有更合适他住的地方了），而彼得只想要回房间，并不接受别的结局。于是，外公居然应战了！祖孙俩从此瞒着家里的其他成员，秘密展开了一系列令人啼笑皆非的你攻我防、你来我往，一招比一招"阴损"。

作者罗伯特·史密斯是个讲故事的高手，整个故事看起来并不复杂，祖孙之间相爱相杀的故事线既明显又单纯，然而他就是有本事把故事讲得幽默风趣，充满戏剧性。也因而使这本书在美国获得威廉·艾伦·怀特儿童文学奖、马克·吐温奖等十项童书大奖，并在出版几十年之后，还能被大小读者们念念不忘，甚至在2018年被大导演蒂姆·希尔改编成电影，让全世界更多的孩子看到！

　　战争的结局是外公赢了，还是彼得赢了呢？外公说，无论谁赢谁输，战争带来的都只会是痛苦，"只有傻瓜才会想要战争"。房间有限，似乎并没有两全其美让彼得和外公都满意的办法了。彼得会像我们以前读过的很多故事里所说的那样，因为最终理解了外公，并决定孝顺外公，

而忍痛彻底放弃自己的房间吗？孝顺是很重要，可有些时候，"孝顺"这个词也会像一把道德枷锁，致使我们不得不违背自己的本心，去做一些内心其实并不愿意的事情。这本书最打动我的是，这场战争让彼得和外公两个人都成长了，彼得学会了理解，明白了战争的残酷和无用，而外公也由此战胜了失去伴侣的悲伤，重新激发了对于生活的斗志，两人一起实现了几乎完美的解决方案。在这里，"孝顺"这个我们所熟悉的词并不体现在晚辈一定要遵从长辈的意愿上，也并没有导致彼得走向叛逆的反面，而是——某种意义上，祖孙俩在共同成长。

阿昡．

目录
Contents

① 彼得·斯托克真实不虚的故事 … 1
② 故事的开头 … 4
③ 远离忧虑的房间 … 8
④ 致命的晚餐 … 11
⑤ 跟天空一样悲伤 … 17
⑥ 我承诺 … 20
⑦ 七零八碎的东西 … 22
⑧ 夜惊 … 26
⑨ 杰克外公 … 30
⑩ 又一个夜晚,又一场惊魂 … 36
⑪ 只有傻瓜才会闷闷不乐 … 38
⑫ 来自朋友的一点小帮助 … 41
⑬ 阁楼上的光 … 45
⑭ 宣战 … 47
⑮ 战争需要双方参与 … 53
⑯ 第一次战略会议 … 55
⑰ 夜袭 … 58
⑱ 第一次和平会议 … 61
⑲ 休战旗 … 64

⑳ 狡猾的家伙 … 68

㉑ 战略和文具 … 73

㉒ 一记耳光 … 77

㉓ 为了珍妮暂时停战 … 81

㉔ 鬼把戏 … 85

㉕ 脏话 … 90

㉖ 摇椅摇啊摇 … 94

㉗ 钓鱼 … 99

㉘ 来硬的 … 107

㉙ 等另一只鞋子落地 … 111

㉚ 间谍珍妮 … 114

㉛ 鞋子落地——扑通 … 119

㉜ 最后一次战略会议 … 126

㉝ 最后一次袭击 … 129

㉞ 战争结束 … 132

㉟ 干杯 … 137

㊱ 缔结和平 … 141

㊲ 致我的老师 … 146

献给我的外公泰迪

1

彼得·斯托克真实不虚的故事

  这是一个真实不虚的故事，关于我的外公搬来和我们一起住从而占了我的房间，然后我如何向他开战，他如何应战，以及那之后所发生的一系列事情。

  我用爸爸的打字机在没有格子的纸上写下这个故事，是因为我五年级的英语老师克莱因夫人要我们用真实不虚的笔触把发生在我们身上的重要的事写成一个故事，如果我们能记起人们说了什么话，也要把他们的话写进故事里，并标上双引号。

  她还说过，要写简短的句子。回头看看这开头，我就知道已经写糟了。开头这两个句子就几乎占去了半页纸。

妹妹珍妮弗走进来问我在干什么,我告诉了她。她就让我把《吃豆人》[1]也写进故事里,或者写她每天下午都要看的在第六频道重播的动画片《神奇女侠》[2]。"不写。"我说。

"为什么?"

"这是关于外公和我的故事,笨蛋,不是电视里那些编出来的事。"

"那你能把一匹马写进去吗?"她又问。

珍妮弗超级爱马,她把杂志上有马的图片都剪了下来,贴在她房间的墙上。"也不写马。"

"那仙女呢?"

"也不写。"

"那我敢打赌,这会是个无聊的故事。"她说。

珍妮弗戴着一顶吃豆人的帽子,穿着超人T恤,牛仔裤的腰带上印着"牛仔"两个字,两只球鞋的鞋尖上分别印着"左"和"右"。她看起来就像一块行走的广告牌。

---

[1] 美国20世纪80年代开发的一款经典街机游戏,后也有同名动画片。——译者注
[2] 神奇女侠是美国DC漫画旗下的超级英雄。——译者注

"这一定会是个了不起的故事。"我说。

"那它开头是怎么写的?"

"我还不知道,你进来的时候我正在想。"

"我觉得开头应该写我,"珍妮[1]说,"因为是我先发现外公要搬来住的,那会儿你还什么都不知道呢。"

"好主意。"我说。

"你得在故事里写我是个非常漂亮的小女孩,有一头长长的金色头发,还有一双可爱的蓝眼睛。"

"我已经这么写了。"

"那你会写出一个好故事的。"她说。

---

[1] 珍妮是珍妮弗的昵称。——编者注

2
故事的开头

我喜欢读那种包含许多短章节的故事,这样的故事你会读得很快,并且总能找到自己读到哪儿了。所以,你知道了,我要写的故事也会有一堆短小的章节。

故事真的是以珍妮弗开头的。那会儿她走进我的房间,脸上带着那种通常她知道了什么我不知道的事情时才会有的表情。珍妮弗这辈子最喜欢的一样东西就是——秘密。这倒并不是因为她善于保守秘密,恰恰相反,她一点都不擅长保密。实际上,我总能让她把我想知道的任何事说出来,谁让我是她哥哥而她还只是个小屁孩呢。

"我知道了一些你还不知道的事。"珍妮弗说。她径直向我房间里那把坏了的摇椅走过去。

"别坐我的摇椅。"我回应道。

她看着我,做了个翻白眼的鬼脸,噘起嘴问:"为什么?"

"因为你总是使劲儿晃,总是晃得扶手从椅背上脱落下来。"

"我不会的。"她说。她在撒谎,事实上她总是弄坏我的摇椅。

这把摇椅本来是放在客厅里的,后来坏了。妈妈说要把它扔进垃圾桶,是我救了它,把它搬上楼放进了我的房间里。这阵子爸爸还说要把扶手粘牢,免得它老是脱落。

珍妮弗就站在摇椅旁边。"你碰都别想碰它一下。"我赶紧说。

"你不想知道我知道了什么事吗?"珍妮弗问我。

"你还有什么事我不知道呀,我可知道得太多了。"我说着拿起床上的一本书,装出不想再说话而开始看书的样子。

"是关于外公的事。"

我继续看书。

"杰克外公。"

我装作没听见。

"佛罗里达州的那个。"

这话把我逗乐了。我们统共就只有一个杰克外公,他住在佛罗里达州劳德尔堡。"我记得他。"我说。

"这可不是闹着玩的,彼得·斯托克。"珍妮弗说,"外婆去世后,杰克外公在佛罗里达太孤单了,他就把房子卖了,要搬来和我们一起住。就在这里,在这座房子里。我听见妈妈打电话跟爸爸说了。我们——你和我——应该让外公振作起来。外公的腿疼得厉害,因为外婆的事,他的心情也很不好。"

"外公要搬来这里住?"我问道。

"正是。"她点头道。

"我很高兴啊。"我说。我确实很高兴。我很爱外公,但他住得远了以后我就很少再见到他了。"这回你终于发现了一个好秘密,珍妮。"我说。

"这还不是秘密。"她说着背起手,那姿势就像一座雕像,"你觉得他会住哪个房间?"

"不知道,可能住三楼那间客房吧。"

她笑了,咬着舌头,龇出舌尖。"哦,才不是,"她说,"要去住客房的人是你!"

"我?!"

"正是。"听到我说话的声调都变了音,她笑了起来。

"你是说,外公要住我的房间?"

"我不能告诉你,"珍妮弗说,"这就是那个秘密。"

3
远离忧虑的房间

我来给你介绍一下我的房间。我爱死它了!

我生在这里。好吧,我当然是在医院里出生的,可我在这个房间里都住了一辈子了,已经有十年了。我的婴儿床以前就放在那个角落里,挨着正对车道的那扇窗户。现在我的床靠着长的那面墙放着。床头板后面就是书架,还有我的高亮度灯。我的书桌放在原来放婴儿床的地方,写作业的时候我能看到窗外。几个黄色的玩具柜里放着我所有的东西。柜子顶上的那些鞋盒里装

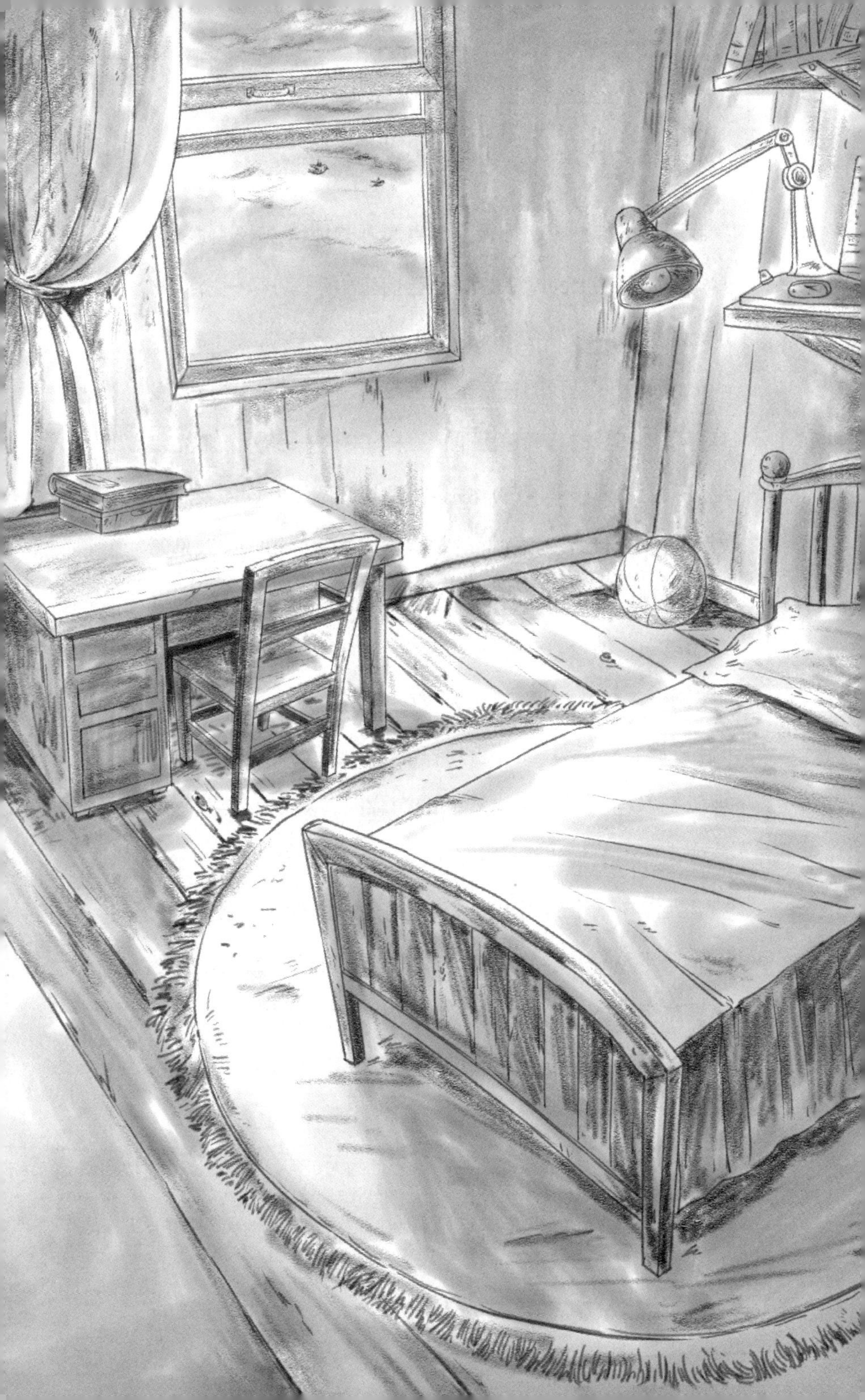

着我所有的棒球卡。地板上铺着厚厚的地毯，小时候我常常觉得脚踩在上面痒痒的。衣柜上面的墙上贴着一张海报，那是汉克·阿伦[1]在击出他的第715次全垒打。

这个房间是我的！家里从来没有别人在这里住过。没有！我知道我的房间早上是什么样子的——清晨，阳光会越过我家后面墨菲家的房顶，再穿过我的百叶窗。我知道当大雨敲打着窗户和外面的排水管时，房间里听起来是怎样的声响。我可以在半夜爬起来，不用睁眼就能在房间里走动自如，因为我确切地知道每一样东西都放在哪里。

我的房间一点也不让人害怕。晚上，地板嘎吱响的时候，我很清楚那是地板的声音，而不是什么怪兽发出的。当风把枫树枝刮得拂上外面的门廊时，我也不会担心是有什么坏蛋要摸进我们家。

当你在一个房间里住了一辈子，这个房间就是你的。它不属于珍妮弗，也不属于妈妈或者爸爸。当然，更不属于杰克外公，他甚至一天都没在我们家住过。

这房间就是我的，我爱它。我就属于这里，别的哪儿我也不想去住。

---

[1] 汉克·阿伦，美国职业棒球运动员，棒球名人堂球员。——编者注

4

致命的晚餐

　　这章写的是那天吃晚饭时发生的事。我倒不是要为那会儿自己的表现自豪,只是无论如何我都得把事情的经过写下来,因为这是一个真实不虚的故事。
　　当珍妮弗把外公要来的消息告诉我时,我并没有马上冲到妈妈那里去问。对于坏消息,我有我的态度,我总是会等待它来临,而不是像个傻瓜一样跑来跑去地寻找它。
　　但我告诉你,那一整个下午我都感觉非常糟,吃晚饭的时候也没什么胃口。

那天傍晚，爸爸像往常一样，六点左右就回来了。我爸爸叫亚瑟，是个会计。会计就是跟钱打交道的人，也许你还不知道会计是什么：他得算清楚一个人或者一个公司有多少钱，以及除了花钱之外他们应该拿钱去干什么。春季大家要交所得税的时候，爸爸就会非常忙，常常很晚才回家，有时周末也加班。税收季，他这么说。这种时候会一连持续好几个月。在税收季，爸爸常常消失在地下室的办公室里，不忙完就不现身。

不过，在跟你说了这么多之后，我得老实告诉你，其实我并不知道爸爸的工作具体是怎么做的，除了知道他老用计算器，老翻那些叫作账本的大厚书。

不管怎样，在饭后吃甜点、喝牛奶的时候，话题终于说到了外公。是妈妈说起来的。

"孩子们，"妈妈说，"我要宣布一个很棒的消息。"

很棒的消息？我心想，要是这消息都能称得上很棒的话，那星期四就能变成星期天了。

"你们都知道，外婆去世以后，杰克外公在佛罗里达州非常难过。然后呢，有一天我跟他聊了聊，你们猜怎么着？他把那里的房子卖了，马上就要搬来和我们一起住！是不是很棒？"

妈妈看着我,脸上的表情是那样开心,我只好也笑了笑——只是稍微笑了笑。"棒极了。"我说,这一定是我这辈子撒的最大的一个谎。

"你们终于有机会了解外公了,"爸爸说,"他是个了不起的人。彼得,他非常爱你和珍妮。"

"我爱他,比天高,比海深。"珍妮说,"我过生日的时候,他总是送我糖。"

瞧我这个傻妹妹。就是科学怪人给她巧克力,她也能把他当成最好的朋友。

"外公什么时候来?"我问。

"大概一个星期以后。"妈妈答道,"临行前,他还有些事要处理,之后就会飞过来和我们一起住。"

"我们得让外公感到自己很受欢迎,孩子们。"爸爸说,"现在我们家也就是他的家了。我希望你们把他当作一个家庭成员来对待,尊敬他,对他有礼貌。你们可能还得再多理解他一些,因为他非常思念外婆。"

"看到外公一直都在这儿,开始的时候你们或许会觉得有点儿怪怪的,"妈妈说,"但我知道,你们一定会尽力让他感到开心的。"

"我可以给他看我的芭蕾舞舞步吗?"珍妮问道。

"应该可以，"爸爸笑着答道，"他应该会很乐意欣赏的。"

"那我跳的时候，他能弹钢琴给我伴奏吗？"

"要是他突然学会了弹钢琴的话。"妈妈说。

"那他会跟我玩牌吗？"珍妮又问。

"珍妮，"爸爸说，"我们得让外公慢慢来。先让他安顿下来，觉得舒心。"爸爸看向我，"彼得，你怎么不说话？"

"我在想事情。"我答道。

"你是在担心外公搬来吗？"妈妈问道。

"有点。"我说，然后看到爸爸妈妈的神情有些古怪。"他来了住哪儿？"我问，"客房吗？"

"呃，"爸爸说着，像是叹了口气，"不是，彼得。"

"那是哪儿？"我追问道，"到底是哪儿？"

"我们来讨论一下这件事。"爸爸开始解释，"你看啊，彼得，外公的腿不行，爬楼梯很费劲，所以让他爬整整两层楼梯去住顶层的客房，并不是一个好主意。"

"而且顶层的卫生间里不能洗澡，彼得。"妈妈说，"如果让外公住那儿，他每次洗澡都得走下一层楼梯，洗完还得再爬楼回去。"

"你们就不能在顶层的卫生间里装一个淋浴吗？"我

问道。

"不太可能。"爸爸答道。

"为什么不能?"我说,"顶层还有一些放杂物的又小又旧的房间,你们可以把卫生间再扩大一些。"

"听着,彼得,"爸爸说,"我们已经绞尽脑汁想了很久到底让外公住在哪里了,目前看来,答案只有一个。"

"不行!"我脱口而出。

"只能是你的房间,彼得。"爸爸说道。

"绝对、肯定、百分之百不行!不——行!"我不是在说,而是在吼。

"彼得,"妈妈说道,"别嚷嚷。"

"你难道不想让外公来和我们一起住吗?"珍妮说,"你怎么能这么小气?"

"你别掺和,笨蛋。"我冲她叫道。

"哦,彼得。"爸爸叹了口气,缓缓地摇了摇头。

"为什么不让珍妮让出她的房间?"我问道,"为什么非得是我?"

"她还是个小孩,彼得。"妈妈说道。

"我才不是小孩。"珍妮说,一脸受辱的表情。

"她晚上时不时还要起夜,"妈妈继续说道,"她比你更需要照顾,尤其是早上穿衣服的时候。你知道她有多磨蹭,要不是我一直在后面催着,她每天上学都会迟到。而你现在是个大男孩了,彼得,你已经长大了。我得依靠你了,你知道的。"

"这不公平。"我说。

"外婆去世也不公平,"爸爸说道,"外公这样难过、这样孤独也不公平。生活并不总是公平的,彼得。"

"我们会尽力让你在三楼也住得舒服,"妈妈说,"谁知道呢?也许你会喜欢上住在三楼的。"

"哦,不,我才不会!"我叫道,"我爱我的房间,它是我的!"我知道我这样说了也没什么用,所以我做了唯一能做的事情:我从椅子上跳起来,跑进我的房间,扑在床上,像个疯子似的哭了起来。

5

跟天空一样悲伤

好吧,上一章真是我认真写作以来写得最长的一章,我写了整整五天!真纳闷那些作家是怎么写出又大又厚的书来的,他们肯定是一辈子都在写。

同时,这也是我有生以来最难过的日子,我闷在房间里,差不多跟天空一样忧郁。

当父母要孩子去做什么事,而孩子不肯去做的时候,有一种情况总是会发生,那就是赢的一方通常都是父母。这是当父母的巨大优势之一。他们总能获胜。

就拿钢琴课来说吧。每个星期我都得去比德尔太太家上一次钢琴课,在那儿花上四十五分钟对着那些无聊的乐谱咚咚地砸琴键,而她就坐在我旁边叹气、摇头。我想去上钢琴课吗?不想。可我必须得去吗?是的。每天下午放学回来,我想练琴吗?不想。可我妈会逼我练吗?你知道答案。

为什么不改成让我去上棒球课?

要是每个星期有四十五分钟的时间有人投球给我练,我也许就能学会击球而不是老打不中了。我老是打不到球,只有几次意外击中。去年整个赛季我只击到了两次。

不管怎样,在我跑上楼之后,过了一会儿,我爸爸就来到我的房间,跟我聊了聊。整个谈话的过程中,我的心一直在往下沉。我知道我就要输了。他们不会让珍妮搬到楼上去的,因为她还是个小孩子,不管她嘴上怎么说。而外公的腿不好,没法住顶层。"对不起,彼得,只能这样安排了。"爸爸说。

"我能说这安排糟透了吗?"我问道。

"当然。"

"真是糟透了。"

"我也同意。"爸爸说。

"这安排恶心、可怕、荒唐,还很恐怖。"我继续说道。

"当然是这样。"爸爸说,"我们打算这周末就开始把你的一些东西搬上楼。我保证你在那儿一定会住得舒服的。"

"我会恨那儿的。"

"你要是抱着这种态度,那你就会恨那儿。"爸爸说,"给它个机会,彼得。"

"我还有别的选择吗?"我问。

"没有。"

"那我不想再谈这个话题了。"

然后我们就再也没有谈过。

6
我承诺

今天我白纸黑字写下这份承诺,以防将来会忘记。

等我长大了,有孩子了,我绝不会逼我的孩子去做任何他真心不想做的事。

这是一份神圣的承诺。

不过,那些真的很重要的事情除外。比如,如果他不想刷牙,我还得逼着他刷,不然他会长龋齿什么的。

或者如果他不想吃蔬菜,那也不行,没有足够的维生素他会发育不良。

或者,如果他想在有汽车开过来的时候横穿马路,我当然也得阻止他。

或者他想玩火柴、电器、毒药等可能会伤害到他的东西。

或者如果他不想去上学，唉，我猜我也得逼着他去，不然他长大以后会很笨。

也许还有些事是他必须去做，而我现在还没有想到的，但除了那些之外，我绝不逼他。

我承诺。

7

七零八碎的东西

我注意到我又写了太长的句子,我得写得短一些。

关于我爸爸。他开始搬东西了。搬我的东西。从我的房间里。搬到顶层的客房里。也就是三楼。

先是我的几个玩具柜。它们是黄色的胶木做的。顶部是白色的。外面有两扇门。里面有三层隔板。我所有的好东西都放在里面。我所有的桌游:《大富翁》《棒球赛模拟战略》《妙探寻凶》《职业生涯》《大战役》《蛇梯棋》。我所有的蜡笔,它们放在一个塑料盒里,大部分都断了。旧涂色书,我只在卧病在家的时候才会涂。我所有的棒球卡，它们都放在柜子顶上的鞋盒里。从七岁起，我就开始收集棒球卡了。到现在差不多有两千张了，包括限量版的。

然后，妈妈把我夏天的衣服搬上楼，放在客房的衣柜里。也就是我那个新房间里。

我不得不帮着爸爸把我的书柜搬上去。我先搬奖杯。它们都放在书柜顶上。我有六座奖杯。都是金色的。那是棒球赛奖杯，是我在比弗利男孩俱乐部的球队里打球时得的。我从六岁开始就在那儿打球了。球队里参加比赛的每个孩子都有奖杯。还有一座奖杯是我在一次保龄球锦标赛上得来的，我打了九十六分，那是我个人最好的成绩。

我说实话——那次锦标赛所有参赛的小朋友也都有一座奖杯。

要把书柜搬上楼，我们得先清空里面的书。我们把所有的书都堆到地板上：我所有的《小布朗百科全书》、所有的《伟大的大脑》、全套的运动故事、含有棒球队比赛记录的平装书……

把它们全部搬上楼之后，我的房间开始变空了。

然后，我们把墙上的画拿下来，挂到楼上：汉克·阿伦击出第 715 次全垒打，汤姆·西维尔[1]在投球，登上月球的第一个宇航员[2]，我绘画作业中最好的那些画。很快墙面就都裸露出来了。

现在我的房间看起来很诡异，它不再像我的房间了。我躺在床上，开始认为它不再是我的房间了，就好像我并不属于这里。

外公到来的几天前，我们开始搬我的抽屉柜。我们先把抽屉拿出来，一个个搬上楼，再搬抽屉柜，它并不是很沉。

然后，我们把客房的老抽屉柜搬下楼，放在我的房间里。每天晚上，我不得不上楼去取第二天要穿的干净衣服。

接下来，我们搬我的书桌，搬上楼，放在客房的角落里。每天放学回到家后，我不得不爬到顶层去做作业。

再然后，房间里就只剩下我的床了。外公来的前一天晚上，它也被搬到了楼上。

现在，客房里的所有东西都搬到我的房间里了，而我所有的东西都搬到了顶层的这间客房里。

---

[1] 美国国家棒球名人堂成员。——编者注
[2] 美国宇航员，尼尔·阿姆斯特朗。——编者注

"我想你今天晚上得开始在楼上这儿睡了。"爸爸说。

我一声不吭。

"你还好吗,彼得?"爸爸问,"你看起来好像随时都会哭。"

"我才不会哭。"我答道。我多希望这是真的。

"你会习惯这个房间的。"爸爸说着,看向窗外,"从这儿看,风景很好。来看看,彼得。"

我站在爸爸身边往外看去。街对面是陶布家的房子,街角处的路灯灯光穿过树叶照射过来。我家草坪上的树看起来如此近,我觉得一伸手就能碰到树枝。

爸爸一手搂住我的肩膀。"彼得,"他说,"长大并不容易,有时候,你不得不去做一些自己并不想做的事。"

"我讨厌这个房间。"我说。

爸爸叹了口气。"我明白,但是,彼得,你绝不能让杰克外公知道这一点,不然他会很难受的。相信我,他已经够难受了。"

爸爸抱住了我。我什么也没说,我也已经够难受了。

最后一件搬到客房的东西就是我。

8
夜惊

  这一章的故事让我有点不好意思，不过我得写下事实——失去了完美的房间，我气得抓狂，而且，我还有点害怕睡在楼上。

  我在顶层的卫生间里刷牙，做睡前的清洁洗漱等。以前我都跟珍妮一起共用楼下那个漂亮的卫生间，而现在我只有这个小小的、昏暗的卫生间了。它很恶心。镜子非常旧，上面还有些暗黑的污渍。洗手池非常小，还不是白的，而是有点发黄的。墙壁是暗黑的老木头做的，看起来就像树林里简陋的小木屋。

The War with Grandpa

　　我下楼到爸妈的房间里跟妈妈亲吻，道晚安。上楼的路上，我瞧了瞧旧房间。放了不一样的家具后，它看起来很陌生，陌生而伤感。

　　上楼回房间的路很吓人。通往顶层的楼梯很窄，还摇摇晃晃的。光秃秃的木质楼梯踩上去嘎吱作响。楼梯间的光线也不足。这里不像通往二楼的楼梯，那里不仅铺着地毯，楼梯间还有一盏漂亮的日光灯，一切看起来就像白天一样清楚。

　　顶层的走廊让人毛骨悚然。那是一个窄小的、特别黑的空间，旁边开着的房门看起来就像一个个黑洞，里面仿佛藏着什么人似的。

　　我知道这听起来很傻，但我就是这么想的。我知道那里没有恶魔在暗中躲着，等着抓小孩子。但在晚上九点，不管你心里明不明白，这昏暗窄小、地板嘎吱作响的走廊都会把你吓着。

　　我几乎是跳着冲进了我的新房间，砰的一下火速关上门，跳上床，躲在被子底下。

　　我等了一会儿才关上台灯。我一点也不着急让房间变黑，但我还是关了灯。之后果然变得十分恐怖。

　　就像我前面说过的，在我的旧房间里，我知道每样东西都放在哪里，都是什么样的，没什么可害怕的。但在这里，一切都不一样了。

一束光在天花板和墙上闪动，投下的阴影四处乱窜。窗外传来一阵窸窸窣窣的响动。走廊那边也有什么东西在响。那是我门外的脚步声吗？

我一定听起来非常勇敢吧，能够这么轻松地把这些事情写下来。但事实是，我快吓疯了。墙上黄色灯光投下的晃动的阴影，开始变得好像两条黑黑的、能把我抓走的手臂。"安静点，我的小心脏。"我悄声对自己说，这是我妈妈偶尔会说的话。我感觉自己就像个自言自语的傻瓜，可在这个房间里，我是自己唯一的伴。"那什么也不是。"我说。我把手指交叉起来，然后脚趾也交叉起来。睡吧，我告诉自己。闭上眼睛，睡过去，一切就都没事了。

哈。

我调整成我的最佳睡姿：蜷缩起来朝右边侧躺，脸颊枕在手上。过了一会儿我才想明白，那窸窸窣窣的响声应该来自窗外那棵又大又老的树。那吓人的黄色灯光估计是街角那盏路灯投射过来的。门外的响声则是老地板发出的嘎吱声。真的没有藏着的坏蛋或者杀人犯要来抓我。

应该没有。

然后,我开始生气了。

为什么我是这个家里唯一一个要为外公放弃一些东西的人?为什么是我?为什么我要困在这个恶心的、恐怖的地方,而不是躺在我那了不起的、棒极了的旧房间里?

我想起我那本描写从前的海战的插图书,有一张画上画着约翰·保罗·琼斯[1],他站在甲板上,用弯刀指着天空。"战斗才刚刚打响!"他宣布道。

这让我有所启发。也许我有办法抗争,把真正属于自己的东西夺回来。但是要怎么抗争呢?

我琢磨着,终于进入梦乡。

---

[1] 约翰·保罗·琼斯(1747—1792):苏格兰裔美国海军军官,军事家。——译者注

9
杰克外公

现在我得跟你说说我的外公杰克了，关于他终于来到我家住，以及他是怎么安顿下来的，等等。

我又写了一个太长的句子。

我很小的时候，外公外婆就住在我家附近，我曾经跟他们很熟。我记得周末他们大多时候会来我家，陪我玩很长时间。后来外婆得了很严重的病，他们口头称之为肺病，但写成"肺气肿"。这种病是由抽烟造成的——那些抽烟的人真是疯了。外婆得了肺气肿后，呼吸变得非常困难。妈妈说，风天或者冷天，外婆连一只脚都不许跨出家门。当然，她身体的其他部分也不许。

珍妮就是在那个时候出生的。接着，外公和外婆就搬到了佛罗里达。妈妈说，那里气候温暖，对外婆的肺有好处。我还记得，他们走的时候我很伤心。我非常爱他们，爱他们总是陪我玩，不管我做什么事他们几乎都能接受。

从那时起，一年中，我们全家只去佛罗里达看望外公外婆家一次。其他时候，我们大概每周通一次电话。

后来，外婆就过世了。

现在外公落单了，我很难想象这种情形。我只认识在一起的他们，他们从来都没有单独来看过我和我的家人，他们就是一对，就像鞋子或者手套。但现在，就只剩下外公一个人了。

爸爸把外公从机场接回来。他把车停在车道上后，按响了喇叭。我们全都跑出门来迎接，外公刚从车里出来，珍妮就跳上去吊在了他的脖子上，完全不顾妈妈刚刚才说过不能这样做。最后，爸爸只好把她拽下来。外公久久地抱住我，然后松开，双手扶住我的肩膀仔细地打量我。"你不再是根豆芽菜了。"他说。豆芽菜是以前

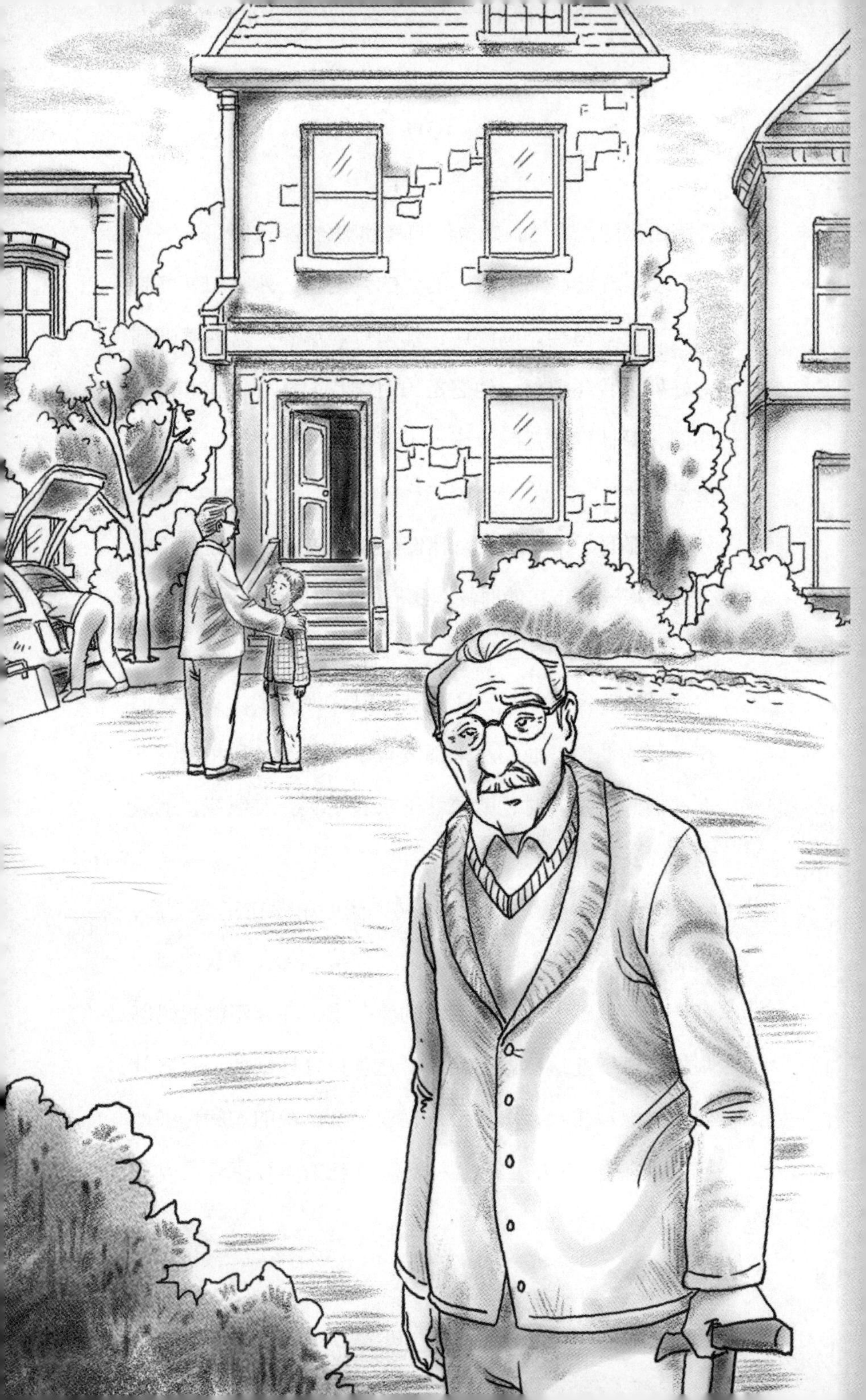

他给我起的外号。"皮弟[1],你像种子一样长大了。圣诞节到现在你起码长高了三英寸。"他朝我笑了笑,眼角泛起细细的纹路。我也回了他一个微笑。

他看起来跟我上次见他时不一样了,黝黑的脸上,皱纹和纹路更深了。他的双肩垂了下来,即使笑着的时候,眼里也有一种悲伤的神情。当我和爸爸帮着外公拿行李,大家终于进屋时,我能看出外公的腿跛得比以前更厉害了。

外公退休以前是搞建筑的,大概就是盖房子什么的。几年前,一根大木头砸在他身上,砸断了他的腿。妈妈和外婆总是说,外公的伤永远也好不彻底了。现在他的腿又有毛病了,妈妈说是关节炎。

外公到达的时候天已经很晚了,我们大家都帮着把他的东西搬到楼上,想让

---

[1] 彼得的爱称。——译者注

他在他的房间里安顿下来——我是说,我的房间,我以前的房间,现在是他的了。我帮忙的方式是把他的衬衫从行李箱里拿出来,放进抽屉柜里。而珍妮帮忙的方式是在房间中央表演芭蕾舞,她踮着脚尖旋转,不停地撞着所有人。

妈妈最终把珍妮和我轰了出来,让我们去准备上床睡觉。我洗漱完,穿上睡衣,到楼下厨房里跟爸爸妈妈道晚安。他们俩正坐在餐桌旁喝茶。我知道,在我进来之前他们正说着什么悄悄话,因为我一进去他们立马就不说了,而且看我的表情不太自然。妈妈看起来真的很伤心,像是马上就要哭了。我觉得她抱我抱得比平常要紧,她还揉了揉我的头发。我道了晚安。

我没有马上回房间,而是在楼梯脚附近晃荡,想听听他们在聊些什么。我对妈妈的判断是对的,她这会儿真的哭了。"他看起来这么糟糕。"她啜泣着说。

"别这样,萨利。"我听到爸爸这样说,"他很累了,你知道的。对他来说,今天太长了,等他休息休息就会好的。"

"他看起来一点生气都没有,"妈妈说,"一点都没有。"

"她才刚刚去世没几个月，"爸爸说，"他很消沉。给他一点时间，亲爱的。"

"希望你是对的。"妈妈说。

我轻手轻脚地上楼了，以免被爸爸妈妈听见。然后我去跟外公道晚安。他正坐在床沿，手里捧着什么东西。我瞧见那是外婆的照片，装在一个银相框里。"晚安，外公。"我说，但我觉得他根本没听见。他一动不动，只盯着照片里外婆的脸。

妈妈是对的，我边想着边爬上楼回到我的房间。外公一点生气都没有。人会因为太伤心而死去吗？我寻思着。会吗？

· 10 ·

又一个夜晚，又一场惊魂

睡在新房间里仍旧是一件恐怖的事情。或许比前一个晚上还要恐怖。

The War with Grandpa

地板又嘎吱响了。同样的阴影和灯光又在天花板上舞动。我仍旧觉得门外藏着一个杀手，他就要进来把我杀死在床上了……

你想笑就笑吧，我都吓傻了。

11
只有傻瓜才会闷闷不乐

现在我得给你介绍一个特别的词,它就是"闷闷不乐"。

我妹妹珍妮经常闷闷不乐。她是个真正的小忧郁,这是我妈妈说的。这个词的意思是苦着一张脸在旁边晃悠,那表情看起来就好像明天是世界末日。"只有傻瓜才会闷闷不乐。"妈妈经常这么对珍妮说。通常珍妮摆出这副样子,是想让妈妈停下手头的活儿陪她玩牌之类的。自然,珍妮常常在妈妈真的很忙的时候闷闷不乐。比如,午饭或者晚饭之前,或者妈妈准备去买东西、洗东西的时候。"这会儿不行。"妈妈说,"别老闷闷不乐的。"

我跟你说这个词的原因是,这正是外公目前的情形,只不过他把这叫作休息。他几乎一整天都待在自己的房间里。当我问他要不要和我一起去哪儿散会儿步,他就说:"不了,谢谢你,皮弟,我就在这儿休息一会儿。"有时,他会在客厅里坐一会儿——就只是坐着,就像在盯着空气,甚至连杂志也不看,电视也不看。

有时,午饭后我问他要不要和我一起玩会儿接球游戏,或者走路去糖果店买个冰激凌甜筒。"今天不去了,皮弟,谢谢你。"他会这么说。然后,他就坐在门廊上,或者客厅里,什么也不做。

我敢说,在跟我们一起生活的头两个星期里,他甚至都没走到过街角。他只是坐着。在搬去佛罗里达之前,在外婆去世之前,他可不是这样的。那时候我还小,我记得他精力有多充沛。

"我们会比一群猴子还要开心。"外公过去常常这么说。我们确实是这样的。他常带我去公园和动物园之类的地方。跟他在一起,我总是很开心。我喜欢跟他有关的所有事:他说话的时候,那一小撮白胡子总是跟着一上一下地动;他把我抛起来再接住,抱着我飞快地转圈;

就连他的呼吸我也很喜欢，闻起来总是有薄荷的味道。

我还喜欢他投球给我，我努力去接。那时我还很小，几乎握不住球，但跟他在一起玩很开心。

我知道爸爸妈妈都很担心外公，尤其是他总是看起来这么累，总是闷闷不乐。我们全家去看过两次电影，去饭店里吃过一次饭，但每次外公都坚持要留在家里。"你们去吧，"他会说，"我一个人待在家里挺好的。"

"来吧，"爸爸会劝道，"我们会玩得很开心的。"

"那就玩得开心点，"外公会说，"我去了只会影响大家。"

我看到爸爸妈妈脸上闪过担忧的表情，但当我问爸爸的时候，爸爸只是说："外公就是有点累，彼得，如此而已。他很快就会好的。"

当然是这样，我想，但很快是多快？

12

来自朋友的一点小帮助

"不管你怎么说,"我的朋友史蒂夫·梅耶尔说,"我觉得这事糟透了。"

"史蒂夫是对的,"比利·奥尔斯顿说,"你外公就是一个房间强盗,这不公平。"

"顺便说一下,"史蒂夫说,"我正在进攻魁北克。"

我们正在玩《大战役》,来史蒂夫家我们总是玩这款游戏。客厅的窗户外,雨正在疯狂地下着。史蒂夫是个"大战役"迷,或者说是个专家,或者二者兼有。比利和我从没打败过他。今天我打得尤其差劲,因为我没法集中注意力。

史蒂夫、比利和我从幼儿园开始就是好朋友了。史蒂夫比我高、比我瘦，可能因为太爱看书，已经戴上了框边近视眼镜。比利比我俩矮一点点，有一头卷曲的红头发，脸上起码有好几千粒雀斑。在比利六岁的时候，他爸爸就在他房间门口装了一条单杠。比利每次进出房门都要做几个引体向上。现在他一次能做十五个了。我之所以知道这个，是因为我跟他打赌他做不了这么多，结果我输了两毛五。我只能做三个半引体向上，史蒂夫一个也做不了。

"掷骰子啊。"史蒂夫叫道，我掷下骰子。当然，我又输了一支军队，而史蒂夫又夺走了我一块领土。史蒂夫看着我，摇了摇头。"你真是好欺负。"他说。

"你看，"我说，"他是我外公，我能怎么办？"

"奋勇抵抗，"史蒂夫说道，"维护你的权利啊。"

"我已经试过了。"我说。

"我可不会让任何人抢走我的房间，"比利说着，一手握拳砸向另一只手的手掌，"砰！正中鼻子！"

"对的，比利。"史蒂夫说道，朝我眨眨眼。我们俩都知道，比利总是嘴上说得英勇，有一次他真的面对学校里一个叫菲尔·斯坦克劳斯的孩子时,他也跟我们一样怂。"

"我困住了,你们明白吗?"我说,"我不能让我外公知道失去房间我有多抓狂。这事我说都没法说出来,我还能做什么?"

"犹犹豫豫的,"史蒂夫说道,"你是什么?受气包?"

"你可不能让一个房间强盗肆意欺负你。"比利说。

史蒂夫放下第四套《大战役》卡牌,又收了十支军队。在这块板子上,他已经控制了过半的局面,这意味着这轮游戏不会持续多久了。他饶有趣味地看着我,嘴角缓缓地绽开一个微笑。"我刚想到一个主意,"史蒂夫说道,"是的,它可能会奏效哦。"

我等待着,史蒂夫的脑筋正在转动。

"1775年。"史蒂夫说。

比利问道:"啥?"

"北方佬反抗英国军队。"[1] 史蒂夫继续说道,"据可靠消息,这些穿红外套的[2]来了,正穿过一片战场。这

---

[1] 此处指列克星敦和康科德战役,是英国陆军与北美民兵之间的一场武装冲突。——编者注
[2] 此处指18世纪的英国军队,他们在大战时会穿醒目的红色队服,戴三角帽,因而又称"红衫军"。——编者注

是英国军队惯用的战术。美国民兵该怎么办？他们藏在树和石头后面，在掩体下面射击，不停地移动。"

"这些跟他的外公有什么关系？"比利问道。

史蒂夫继续说道："你知不知道英国军队曾经抱怨这些民兵的战法不公平？公平？"

"史蒂夫——"我开口道。

"传说中的佐罗，"史蒂夫继续说，"一个有钱有势的男人，去对抗国王的权力。他也不得不隐姓埋名，因为与国王为敌是死罪。所以当他帮助农民去对抗暴君时，他是怎么做的？他用一张面具挡住了脸。"

"就像蝙蝠侠和罗宾汉。"比利说。

"差不多。"史蒂夫说道。

"我该怎么做？"我问道，"拿把剑去决斗？跟我外公？"

"游击战。"史蒂夫说道，几乎是在自言自语，"当你被困住时，你没有别的办法。你只有隐藏身份，从石头后面打枪。"

"你疯了。"我说。

"这是唯一的办法，"史蒂夫说，"你考虑考虑。"

13

阁楼上的光

游击战。

藏在石头和树后面。戴面具。

我躺在床上,想着史蒂夫的话。在我看来,这有些疯狂,但又合乎情理。我确实是困住了,我的家人夺走了我的房间,并且没有给我机会争取回来。

然后,我开始想那些在大革命时期战斗的人们。他们在跟谁战斗?国王。对他们来说,国王就像父亲,或者甚至是祖父。国王肯定是1776年最大的大人物,毋庸置疑。而那些人,他们是在为自己的权利而战。他们抓住机会，坚持自己的立场，在列克星敦和康科德打响了举世闻名的那一枪。

但你不能朝自己的外公射击，至少在我们家不行。

真让人绝望。

但随后我想到了一个好玩的点子，接着又想到了另一个。然后，关于我该怎样反击的整个计划渐渐清晰起来。

14

宣战

我四处侦察了一通,趁没人看见的时候摸进了我爸爸在地下室的办公室。那里乱糟糟的。天花板上有三盏灯,但只有一盏是好的。地砖是爸爸自己铺的,有些瓷砖已经松动了。靠近卫生间的角落里有一个洗手池,但已经坏了,没人知道该怎么修。幸运的是,我只想用爸爸的打字机,而它是好的。

当你要发起一场战争,你得去给敌人送个字条什么的,告诉他们你要干什么,为什么要那样干。我得让外公知道,为什么我要对他宣战。可我又真的不想在字条

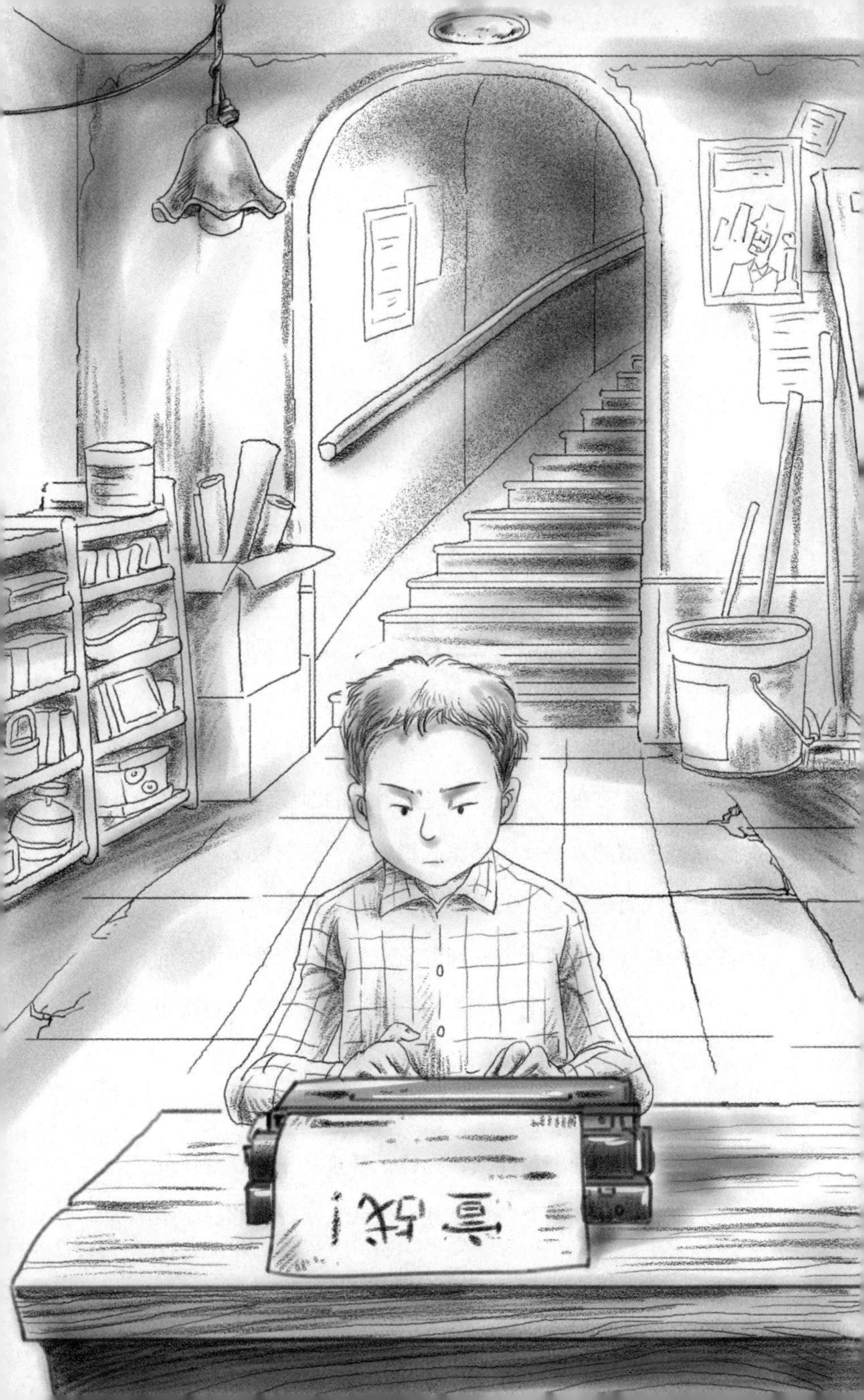

上署名,也不想用手写。因为一旦字条落到我爸妈手里,那战争可就得结束了,估计我也得玩儿完。

我拿起一张爸爸的便条纸,塞到打字机里,开始打字。下面这些字就是我打的:

> **宣战!**
>
> 　　你偷了原本属于我的东西——你占了我的房间,我想要回来。这是一次警告。限你 24 小时内把我的东西还给我。否则,开战!

我是这样署名的:秘密战士。

我感觉棒极了。字条上的话听起来很强硬,挺像回事儿的。但说实话,我紧张极了,双手都在颤抖。然后我想,外公肯定会把字条拿给我爸妈看,所以我又在底下添了一条附注:

> 注：这是我和你之间的战争，不许告诉我爸妈，否则我永远不会再跟你说话。

好了，我想，如果你要发起一场战争，那这张字条是一个很好的开始。现在的问题是，我该拿这张字条怎么办？

我考虑了很久，起码有十分钟。我想把它放在外公独处时能发现的地方。我当然不想让家里其他任何一个人发现它。这就意味着，我得把它放在外公的房间里——我的房间里。在被他侵占之前，那是我的房间。我得错开妈妈去那儿打扫的时机，偷偷把字条放进去。

我一直等到了晚饭后。我把字条叠好，放在裤兜里。一整天我都像只发抖的兔子，光是感到字条在兜里摩擦就能让我紧张起来。

趁外公在客厅的电视机前坐下的时候，我摸上了楼。

最近他几乎每个晚上都在那儿坐着。我走进外公的房间，悄悄带上门。然后，我四处看了看。抽屉柜顶上，一个老旧的银相框里放着一张外婆的照片。照片旁边是外公的发刷和梳子。突然，门开了，我吓得心脏几乎都要跳出来了。

"嗨，彼得，"珍妮叫道，"你在干吗？"

"没什么。"我飞快地答道，声音又尖又细，我自己听着都觉得滑稽。

珍妮奇怪地看了我一眼。"我吓着你了？"她问。

"没，你没吓着我。"我撒谎道。

"你看起来真古怪。"她说，然后耸了耸肩，"你想玩牌吗？妈妈和爸爸都忙着，外公又很累。"

这就是珍妮，我正想着发动战争，而她就知道玩游戏。

"不，我也不想玩牌，"我说，"或者其他愚蠢的游戏。你干吗不下楼去跟外公一起看电视呢？或者看看书，练练芭蕾？或者随便做点什么，只要别上来打扰我？"

她久久地盯着我。"诡异，"她说，"真诡异。"然后，她走出了房间。

如果这就是战争，我想，我绝对成不了一个好战士。我从兜里拿出叠好的字条，把它展开，塞进外公的床罩底下，就放在他的枕头上面。他瞎了才会看不见，所以他今晚肯定就会看到，然后我们之间的战争就开始了。对此我有点紧张，但不是太强烈。无论将要发生什么，我都已经做好了准备。

我上楼回到自己糟糕的房间里，拿起一只网球，对着墙起码掷了四千万次。

15

战争需要双方参与

好吧,我那一大堆害怕和担忧都只是自寻烦恼,因为对于我的字条,外公根本就没说过什么,也没做过什么。不仅第二天没有,第三天也没有。

我不知道该怎么办。我已经宣战了,还写了一张字条,而我的敌人压根儿就没当回事。看来这要成为史上历时最短的一战了。

那天以及之后的一天,我跟在外公身边,给了他足够的机会在没人的时候跟我说话。我甚至跟他坐了一下午,陪他看那些愚蠢的肥皂剧。之后他想要去买雪茄,我就和他一起去了糖果店。我们几乎花了一辈子才走过那两个街区，因为外公跛着腿走得非常慢。"你有什么话要跟我说吗？"回来的路上我问他。

他朝我笑笑。"只有一句：我喜欢你的陪伴，皮弟。跟你在一起非常自在。"

"你最近读到了什么东西，想谈谈吗？"我又问，几乎要脱口而出"比如，一张字条"。

"就读了读报纸。"他答道，"上面坏消息太多了，我尽量少去留意。"

我对外公的了解又加深了。他真是这个世界上最擅长装傻的人。而我夺回房间的战争看起来好像永远都不会开始了。

16

第一次战略会议

"你真是笨得出奇,笨成这样你居然还能活到现在。"比利说。我们正在他家,玩他的游戏——棒球桌游。史蒂夫和我领了一队,比利领了另一队。自然比利总是会让贝比·鲁斯[1]和泰·柯布[2]在他那队,自然比利也总是会赢。

"你不能用一张字条去开战,"比利说,"你以为日

---

[1] 贝比·鲁斯(1895—1948):美国著名棒球运动员、棒球名人堂球员,有"棒球之神"之称。——译者注
[2] 泰·柯布(1886—1961):美国著名棒球运动员,棒球名人堂球员,曾被誉为"全垒打王"。——译者注

本人在偷袭珍珠港之前先给敌人送了一张纸条吗？'亲爱的美国，请原谅我们就要去把你们的船全部击沉。对不起。'"

"你肯定你外公看到那张字条了吗？"史蒂夫问道。

"当然，他不可能看不到，那字条就放在他枕头上。"

"也许他掀起床罩的时候，字条掉出来了呢？"史蒂夫说。

"那字条去哪儿了呢？"我说，"掉在地板上，飞出窗户了？那是很大的一张纸，不可能就那样飞走了。"

"你得出击，"比利说，"不能只写那么一张礼貌的字条。轰！扔个炸弹。砰！发射火箭去打他。"

"我还不打算去炸我的外公。"我说道。

"那你打算怎么办？"史蒂夫缓慢而小心地问道。他的眼神像是要准备笑话我，等着我给他答案。

"我会采取行动的。"我说。

"采取战争行动。"比利说。与此同时，他掷出骰子，依靠霍纳斯·瓦格纳[1]，他的超豪华明星队又在短时间内赢了两轮。"你是时候开始战斗了。"

---

[1] 霍纳斯·瓦格纳（1874—1955）：美国著名棒球运动员，棒球名人堂球员，被公认为棒球史上最优秀的游击手。——译者注

突然，我脑中灵光一闪。我笑了起来，自己都没意识到。比利和史蒂夫像看疯子似的看着我。"谢了，比利。"我说道，"太感谢了。是时候开始了，对，是时候了，完全肯定。"

然后，我告诉他们我打算怎么做。

17

夜袭

我真的以为那天晚上我不可能睡着了,然而我错了。关掉阅读灯之前,我把我的电子时钟收音机定了凌晨两点响。我猜我应该是辗转反侧了一会儿,想着将要做的事情,心里有些焦虑。但当收音机闹铃响起,开始播放披头士的一首歌时,我已经睡熟了。

我打开灯,关掉收音机,看着我准备好的又一张字条。上面写着:

> 偷了别人房间的人夜里应该睡不好吧，
> 交出房间，战争才会结束。
>
> 秘密战士

我拿出袖珍手电筒，穿上拖鞋，走出房间。我蹑手蹑脚地走在通往二楼的楼梯上，缓慢而小心，尽量不发出任何响动。整座房子异常安静，安静得有些诡异。在楼梯底部，我停了一下，我的心在胸腔里怦怦怦地大声跳个不停。

告诉你实话吧，对于将要对外公做的事情，其实我自己也不太确定。但要争回属于自己的东西，我只能战斗。有人说过，在爱情和战争里，一切都是公平的。我希望那句"尊重你的长辈"不是这同一个人说的。

我像个贼一样穿行在夜晚的楼道里，踮着脚走过爸爸妈妈紧闭的房门，接着走过珍妮的。走到我以前房间的外面时，我小心地绕过了那块嘎吱作响的地板。然后，我尽量轻地拧动门把手，打开房门，溜进房间。

即便在黑暗中，我也能看到外公躺在床上，盖着被子，睡得很沉。他的呼吸缓慢而放松，每次打呼的结尾都伴随着轻微的"嘘——嘘——"声。他的一只脚搭在床脚，伸出被子。

我非常小心地绕过那几块会嘎吱响的地板，走向抽屉柜。到这儿，我需要我的袖珍手电筒。我一手捂住它，确保光线只照在抽屉柜顶上的电子钟上。

这一步有些难堪。我拿起那只小钟，把闹钟指针拨向凌晨三点。我不得不告诉你，当那根指针被拨过两点时，小钟叮地响了很大一声，惊得我差点蹦起来。勇敢些，秘密战士，我告诉自己。然后，我拔出小钟背面的闹钟按钮，将字条放在抽屉柜顶上瞎子都能看到的地方，赶紧溜出了房间。

回到楼上后，我跳上床，关掉灯，在被子底下躺好，等着看会发生什么。还有不到一个小时闹钟就会响起，外公就会在这深更半夜被吵醒。

安静点，我的小心脏。

18

第一次和平会议

你知道,我不可能还睡得着,那感觉就像在等待一个炸弹爆炸。

我看着时间在我的电子时钟收音机上一分一秒地流逝。两点五十八分,我听到楼下外公房间的闹钟响了。那声音听起来就像愤怒的蜂鸣,足足响了一分钟。然后,我听到外公起床,接着闹钟停了。

我几乎屏住了呼吸,等待着。现在外公肯定发现那张字条了。他会怎么做呢?会继续无视我吗?

我听到外公的房门开了。他要到我这儿来吗?是的!

现在我能听到他趿着脚穿着拖鞋缓慢地爬上楼来，木质楼梯随着他的脚步嘎吱嘎吱地响着。我缩进被子里，假装睡觉。

房门开了。我听到外公走过来，站在我的床边。"皮弟？"他轻声叫道。我嘟囔了一句,假装睡熟了,正在做梦。外公在床沿坐下来。我能感到他把手放在我的肩上，轻轻摇着。"皮弟？醒醒，小子，我知道你没睡着。"

"什么？什么？"我叫道，假装刚刚被叫醒，"外公？是你吗？"

外公伸过手拧开了我的阅读灯。突然亮起的光线让我眯起了眼睛。外公顶着一头乱糟糟的白发，看起来非常生气。"你知道现在是几点吗？"他问。

"夜里？"

"半夜三更！"他说，"秘密战士先生。这一点都不好玩，皮弟。我可不喜欢有人这么跟我恶作剧，尤其是那人还是我的外孙。"

"这不是恶作剧，"我说，"这是战争。"

外公摇摇头。"真是胡说八道。你不能跟亲人开战。你得有个敌人才能发动战争，而我绝对不是你的敌人。"

"你已经收到我的战争宣言了，"我说，"你怎么什么都不说?"

"我以为那是个玩笑。"外公说。

"这不是玩笑,"我说,"你拿走了属于我的东西,我想要回来。"

"我没有拿走任何东西,"外公说,"是你爸爸妈妈让我住了你的房间,皮弟。"

"那你终究是住了,不是吗?"我说。

外公脸上闪过一丝好笑的表情。"老天啊,"他说,"你脸上的表情真像你妈妈小时候。我希望你不会跟她那时候一样固执。每当事情不遂她的意时,她可真是个小恐怖。"

"我比她还固执,"我说,"尤其在我对的时候。"

外公叹了口气,盯着我看了一会儿,然后他缓缓地站起身。"继续睡吧,"他说,"我们明天再谈谈,虽然眼看天就要亮了。"他向门口走去。

"外公。"我叫住他,看他在门口停住了脚步。"我爱你,"我说,这话让他笑了笑,"但是战争仍在继续。"

19
休战旗

第二天早上,外公直到 11 点才下楼来吃早餐。跟往常一样,他没有换衣服。妈妈给他端来吐司和咖啡当早餐。他坐在餐桌旁边吃边看报纸。他什么话也没跟我说,甚至没跟我说早上好,即使我就在桌子边上陪他坐着。

不过话说回来,他也没告诉妈妈夜里发生的事,这让我挺高兴的。

下午,妈妈带珍妮出去给她买鞋子了。我在屋外,在门前的台阶上掷着网球。外公一瘸一拐地走到门廊上来。他看我掷了一会儿球,期间我漏接了几次。"手势要柔，"他说，"接球的时候手一定要柔，皮弟。你现在的姿势又僵又硬，接球的时候你是不是很紧张？"

"我当然紧张了，"我说，"你没看我总是接不到。"

外公笑了笑。"手势要柔,这是秘诀,皮弟。"他说着，坐在门廊里的一把椅子上。

在他的注视下，我又掷了几次，试着按他说的方法去做。随后我可能接得好一点了吧，但我不太确定。

"休战旗？"外公问道。

"什么东西？"

"交战双方希望会晤、商谈一些事情的时候，就会插起一杆白旗，然后一起在旗子底下开会。怎么样？"

"行啊。"我说，然后在他旁边的椅子上坐下，"白旗意味着你要投降吗？"

"当然不是，只是我有些事情要告诉你，好吧？"

"开始吧。"我回复道，"我是说，那就谈谈吧。"

"听着，彼得，现在的情况有些超出我的掌控，如果你明白我指的是什么的话。"外公低头看着自己的双手，他的手很大，指节突出，手上布满了小小的棕色斑点，"我并不想从佛罗里达搬到这里来占据你的房间，一点也不想。可只有这个办法了，你明白吗？"

我点点头。

"同样的,我也不愿意退休,"外公说,"可你外婆病了,我不得不退休。我跟你外婆也不愿搬去佛罗里达,远离我们所爱的人。我更不愿你外婆去世。我很孤独,在那座我们一起住过的房子里走来走去,非常孤独。所以我来了,我猜你不得不接受我。"

"这些我都能理解,外公。"我说。

"很好。"他点点头。

"但我仍旧想要回我的房间。"

"哦,皮弟。"他说着,摇了摇头,"我想你可能有点被惯坏了,可能是因为你总是能得到自己想要的东西。"

"我只想要属于我的东西。"我说。

"一根筋。"他说,"真像你妈妈。要回你自己的房间,认为什么都是你的。我跟你说,我像你这么大的时候,我得跟你戴夫叔公睡一张床。那是困难时期,皮弟,非常困难。我们吃很多意大利面、豆子,穷得叮当响。一分钱就是很大一笔钱了。有一分钱我就能去商店里买糖吃,还要想很久才能决定到底买哪颗糖。而现在,瞧瞧你和珍妮。大房子,成堆的玩具,好衣服,吃不完的东西。你根本不知道很想要一样东西,却要不到是什么滋味,

The War with Grandpa

你知道吗？"

"我只知道我想要回我的房间，而你正占着。"

"固——执。"外公一字一顿地说，"我想，可能要不回对你更有好处，皮弟，我真是这么想的。"

"那你是不打算跟我换房间了？"我问。

"对。"

"那休战时间就结束了。"我说着站起来。

"行了，"外公说，"别那个样子，坐下。"

"我只想说一句话——"走出门廊时我告诉他，"当心我的第二波攻击。"

20

狡猾的家伙

我偷了外公的拖鞋。

晚饭后，上楼的过程中，我在我的旧房间里停留了一会儿，从衣柜底部拿出了外公的拖鞋。我又留了一张小字条，这回是用魔术马克笔在一张留言条上写的。上面写着：

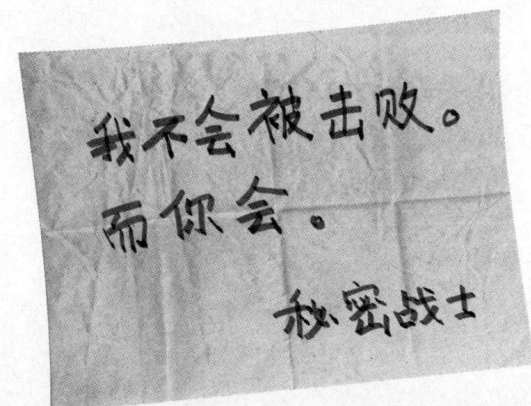

> 我不会被击败。
> 而你会。
>
> 秘密战士

我还想过用其他的恶作剧来对付外公，比如，在他床底下放只青蛙或者沙鼠。但我又担心万一真吓着他，吓得他心脏病发作可怎么办。这是有可能的，你知道，尤其是老人。当他们遭受严重的打击时，呃，他们就会心脏病发作。我是在跟外公打仗，但我也不想杀了他。

我一边想着这些事，一边爬上床睡觉，还没睡着就听到了上楼的脚步声，非常缓慢的、一瘸一拐的脚步声。

外公走了进来，打开顶灯。"好了，"他喘着粗气说，"我的拖鞋在哪儿？"

"什么拖鞋？"我说。

"你偷的那双，皮弟小子。"没等我答话，他就走过去打开了我的衣柜，一眼看到了他的拖鞋。我真是傻到家了才会放在那儿。"瞧瞧，瞧瞧，我们找到了什么？"外公说，"看起来好像某人的拖鞋啊。"

他拿起拖鞋，看着我，微微摇了摇头，看起来很失望。"我们能不玩这些鬼鬼祟祟的把戏了吗？"他问。

我没有回答。

"你以为你是个狡猾的家伙，是吗？"他说，"把戏多得很？"

"这不是把戏。"我说。

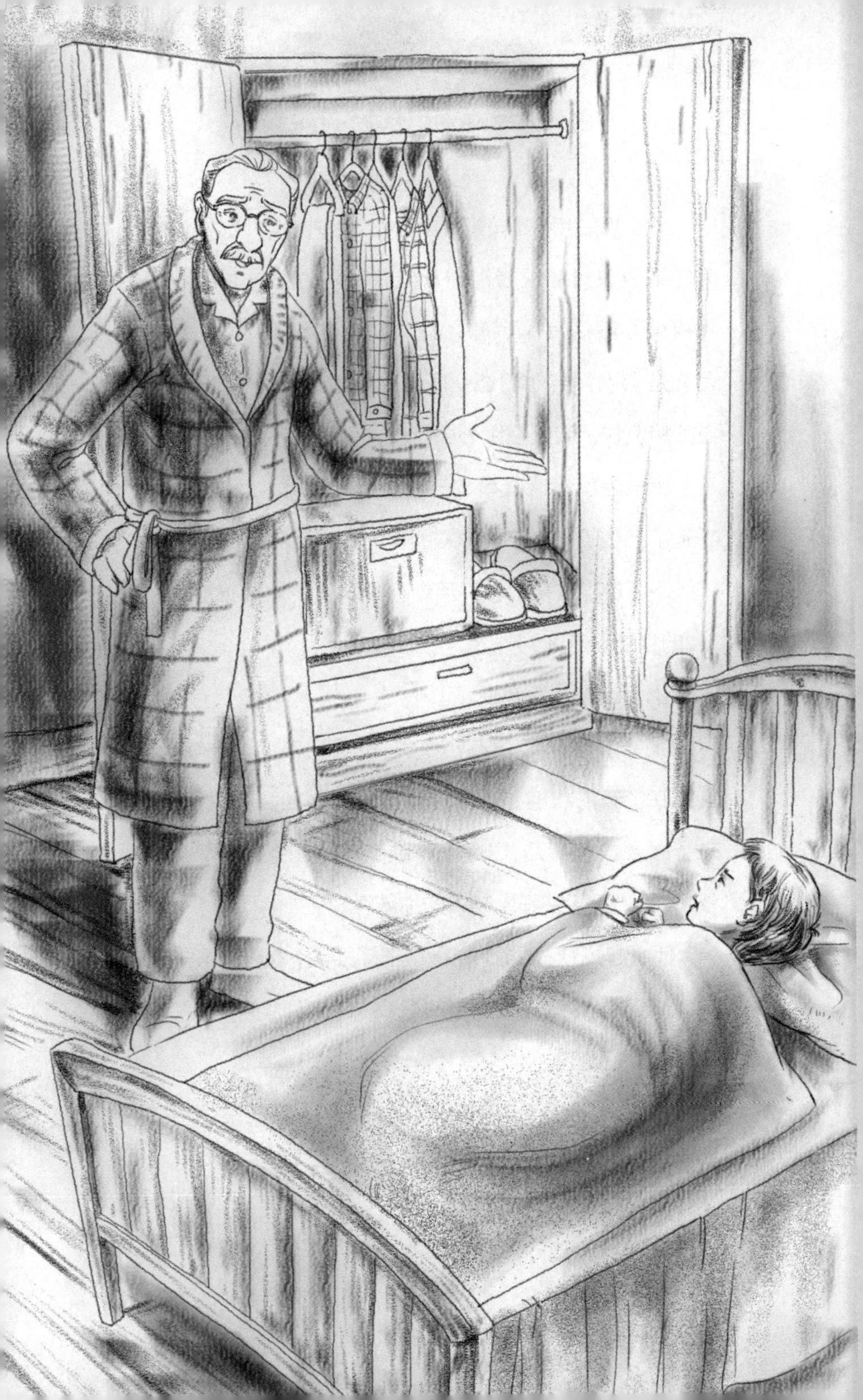

"哦,不是把戏?那你管偷我拖鞋的行为叫什么?"

"这是游击战。"

外公看着我,大笑起来。这真的很让我恼火。这可是在打仗,而我的敌人居然在笑话我。"我不觉得这很好笑。"我说。

"这比你觉得的要好笑多了。"外公说,"游击战,哈哈,我看叫恶作剧更合适。"

"你已经拿回你的拖鞋了,"我说,"你可以走了。"

"皮弟,明天我们再来解决这事,明天,也许吧。现在你睡吧,好吗?明天我们谈谈。"他弯下腰来,用干燥的嘴唇亲了亲我的额头。"晚安。"他说。

"晚安。"我回应他。我想再说点什么,比如对不起,但我没说。战争就是战争,我想,不到一方投降,战争就不会结束。

我和外公的战争

"游击战。"走出我的房间时,他嘀咕着。关上房门,他还在轻声笑着念叨什么。

就在那时,我开始想,我可能会输掉这场战争。外公那么好,他可能会无视我做的任何事。到最后,他还会住在我的房间里,而我将永远困在这里。

这是什么战争啊,我想,我的敌人刚刚竟然亲吻我,跟我道晚安。

21

战略和文具

"这很能说明问题,你知道,"在去商店的路上,史蒂夫说道,"他真的亲了你?"

"是的。"我说。

"这叫心理战,"史蒂夫说,"他这么做真狡猾。"

"他在搅乱你的思绪。"比利说。

我们正在去物美价廉文具店的路上,我们常去那家店买学习用具。史蒂夫要买些笔、索引卡片,还要一个笔记本。除了史蒂夫,我真不知道还有谁能消耗那么多的学习用具,也没有谁比他更爱上学。这可有点不太寻常,如果你问我的意见的话。我是说,学校是很好,而且你也必须得上。但我常想,如果每年再多点假期也没什么坏处。可史蒂夫就认为不能上学的每一天都很堕落。他总在看书,并且还在索引卡片上记笔记。每看见一个生词,他都会马上查字典,然后在卡片上写下来,记在心里。

"你外公正在企图向你过度示好,迷惑你。"史蒂夫说。

"但他真的很好。"我说。

"你瞧,"史蒂夫说,"他已经让你相信了。"

"等等,"我说,"这里有什么不对劲。"

"对,是你不对劲。"比利说。

"很简单,"走进商店的时候,史蒂夫说,"你发起战争,而你外公并不想战斗。所以他试图对你特别好,让你把整件事忘掉,自己叫停战争。是不是这样?"

"不是,"我说,"他是一个好人,一个很爱我的好人。所以他原谅我偷了他的拖鞋,并用亲我让我知道。"

"把他的拖鞋藏在你的衣柜里真不算聪明,"比利说,"你就应该直接扔进垃圾桶。"

"我不会那样做的。"我说。

"或者烧了它们。"比利又说。

"你不能烧拖鞋。"我说。

"典型的马基雅维利主义者。"史蒂夫说着,拎起一个购物篮。

"什么马基雅——你说什么?"比利问道。

"马基雅维利,他是古时候意大利的一个王子。"史蒂夫说,"很久以前他就把对付敌人的所有手段都弄明白了。我敢打赌你外公知道他。"史蒂夫把一个带螺旋线圈的记事本和一沓索引卡片放进购物篮。

"他不是那种人。"我反驳道,"我外公是一个了不起的人,就是这样。"

史蒂夫用他那种全知的眼神看了我一眼,仿佛在跟一个白痴说话。"永远不要低估你的敌人。"他说。

对此我得说,我的朋友史蒂夫虽然是个非常聪明的人,但有时候也会犯糊涂。

"那你下一步打算怎么办?"比利问我。

"也许什么也不做。"史蒂夫替我回答。

"你们俩都错了。"我说,"我还会采取行动的,我还是想要回我的房间。"

"你能把房门上锁,让他进不去吗?"比利想知道。

"不行。"我说。

史蒂夫拿起一包十根的圆珠笔放进购物篮。"我来告诉你我是怎么想的。"他说,"我觉得战争已经结束了,而你,已经输了。"

22

一记耳光

吃完午饭,我来到门廊上时,外公已经在那儿等着了。"我们随便走走吧,"他对我说,"我想我们有些事得谈谈。"

"你的腿怎么办?"

"没事,"外公说,"它还连在我身上呢。"

"我是说,走久了它会不会疼?"

"皮弟,"他说,"我走路的时候它疼,不走的时候它也疼,所以可能我锻炼锻炼它更好。"

我们向比弗利路走去,那是一条商业街,离这儿有几个街区远。"这也算休战期吗?"我问。

"你又提你那战争什么的了,"外公说道,"忘了吧。"

"我可忘不了,"我说,"我都已经向你宣战了,我是认真的。"

"一派胡言。"外公说道。我不知道这词确切指的是什么,但大概意思我明白了。"这不是战争,"他说,"这只是分歧,或者甚至只是争吵。而你做的事是在制造家庭不和。"

"这也是战争,"我坚持道,"你搬进来,侵占了我的领土,是不是?这不就是战争吗?"

"不是,"外公说,"战争是和权力、贪婪相关的。"

"也跟夺回属于自己的东西相关。"我说。

外公停下了脚步,我也停了下来。他看向我的眼神严厉而冷酷。"所以你觉得战争是完全可行的,"他问,"是不是这样?"

"有时候是吧。"我说。

"比如什么时候?"

"当你不得不捍卫自己的权利的时候。"我说。

外公把嘴唇抿成一条薄薄的线,摇了摇头。"不对,皮弟。除了战争以外,还有很多很多的方式可以解决争端，很多和平的方式。"

"我跟我爸妈试过和平的方式，不管用，所以我才对你宣战。"

"错。"外公说。

"没有错，"我反驳道，"你占了我的房间。"

"听着，皮弟，"外公缓缓地说，"只有别人攻击你的时候，你才能战斗。到那时，也只有在那时，你才有权利自卫。你懂了吗？"

我想了不到一秒钟。"我没被攻击吗？"我说，"难道不是他们把我拖出我的房间，把我像一把旧椅子什么的一样，扔到了楼上？"

外公叹了口气，眼睛看向别处。我能感觉到他很不安。"这就像《大战役》桌游，"我说，"有人侵占了你的领土，你必须击退他们。"

外公瘦削的手放在我的手臂上。"战争可不是游戏，皮弟，"他说，"只有孩子、傻子和那些将军才会觉得是游戏！"

"你是我的敌人，"我大声说道，"我要夺回属于我的东西。"

我晃开他的手。"你就像一支军队一样开进这里，然后把我踢出——"

啪！

外公的右手不知从哪儿挥了过来，狠狠地掴在我的脸颊上。我惊呆了，什么也说不出来，脸上火辣辣地疼。

"你为什么要打我？"我问，泪水在我眼眶里打转，但我没哭。

"战争就是这样伤人。"外公说，"战争伤人、杀人，让人痛苦。只有傻瓜才想要战争。"

我盯着外公棕色的眼睛，他的眼神此刻是如此刻薄。"我不会忘记这一巴掌的。"我说。

"就是这个意思。"

"我也不会原谅你。从现在开始，我们真的开战了。"我转过身，拼命往回走，把外公扔在街上。我听到他叫着我的名字。

23

为了珍妮暂时停战

好吧,现在我们真的在打仗了,我却一点也不喜欢。其实我不太擅长跟人生气。妈妈说我有一副好心肠,从来不记仇。这是真的。以前,即使我爸妈或者珍妮做了什么事惹急了我,我也总是在第二天就忘得一干二净。

那天晚上吃晚饭的时候,我坐在外公对面,真的很想恨他扇了我一巴掌,可我又恨不起来。我是说,看在老天的分上,他毕竟是我的外公。他又老又孤独,腿还疼着。我要是真恨他,就跟达斯·维德[1]一样坏了。

---

[1] 达斯·维德,电影《星球大战》里重要的反派角色。——译者注

吃晚饭时，外公非常活跃。他甚至讲了好多以前家里没人听过的笑话。他也对我笑，跟我说话，但我看不出他是不是故意的。这跟几个小时前扇我耳光的是同一个人吗？我很困惑。

尽管我心情复杂，那仍是一个平常的夜晚。吃完晚饭，我们坐在客厅里。外公拿出他装多米诺骨牌的盒子，开始摆牌，跟爸爸一起玩。珍妮消失了几分钟，然后穿着芭蕾舞短裙一步一步地从楼上的房间走下来。以防你是第一次听说这种裙子——我也是自从妈妈给珍妮买了一条才知道的——我给你介绍一下：这是一种短小的裙子，里面必须有铁丝什么的做裙撑，女孩子穿上它时，它的裙摆得能撑成一个圆圈。珍妮的这条是粉色的。这可是她死磨硬缠才得到的。妈妈本来不想给她买，要她先上满一年的芭蕾舞课再说。但珍妮跟我完全不同。我是那种妈妈说等上一年，我就会真的等上一年的人。

但珍妮不是。

她从此踏上了索要芭蕾舞裙的恶心历程。她早上说，中午说，晚上说。每次要去上芭蕾舞课时，她都会哭着对妈妈说，课上所有的女孩都有舞裙了。她当然是在撒谎。

她甚至躺在地板上耍赖。我是说，她会躺在地上用脚跺地板，喊破喉咙，直到妈妈最终强迫她停止。当这招都不奏效的时候，她转攻爸爸。爸爸独处时，她总能逮到他，她爬上他的膝盖，亲得他透不过气来，那感觉就像一只狗狗在舔你的脸。她不断地跟爸爸说着甜言蜜语，装可爱，简直让人反胃。结果就是，爸爸终于跟妈妈说了，珍妮得到了芭蕾舞裙。那天甚至不是圣诞节，也不是她的生日。

珍妮走到立体音响那儿，把她那盘《时光之舞》舞曲的磁带放进去。

"女士们，先生们，"她宣布道，就像她真站在舞台上似的，"让我们请出全世界最美丽的芭蕾舞演员——珍妮弗·斯托克小姐！"然后，她开始播放舞曲。这首曲子我们都听了几十亿遍了，但是爸爸妈妈和外公——尤其是外公——全都把身子一靠，开始鼓掌，就像以前从来没有见过珍妮跳舞一样。

她所谓的跳舞也就是在那儿踮着脚尖不停地转圈。偶尔，她会伸出手来举过头顶，就像在努力去够衣柜里很高的那层。有时，她会用一只脚站着转圈，另一只脚在身后伸直。摆出那个姿势时，她看起来就像一只小鹳，或者一只大鸡。她跳起来时也像。我想，她应该是想跃起来的，但她只能跳起来离地一两英尺。最后，她跪在地上，整个人抱成一团，接着举起双手微笑，音乐结束。

好吧，当然了，她跳完的时候大人们都沸腾了。"好样的！"爸爸叫起来，大家都在鼓掌。我注意到，爸爸没有喊"再来一个"。我也鼓掌了，基本上是为了表示礼貌。

有时候，当哥哥真的不容易。

24

鬼把戏

对于我和外公的战争,我觉得我终于学聪明一点了。也许我之前太听朋友的意见了,关于事情的进展,我也跟他们说得太多了。嘴上没有把门的,大概说的就是我。所以,当史蒂夫和比利来我家玩《大富翁》的时候,挨了外公一巴掌的事我一个字也没说。

实话跟你说吧,这也是因为我不好意思说。

我们待在我楼上的房间里——我那个恐怖的、乱糟糟的新房间,不是之前那个很棒、很漂亮的旧房间。

"这就是他们打发你住的地方?"史蒂夫说道,环顾四周,"这不算是升级啊。"

"简直是糟透了。"比利说。

"我已经快习惯了。"我说。

"没有任何行动了?"比利问道。

我摇了摇头。

"战争结束了,"史蒂夫说,"跟我预测的一样。"

"你是个失败者。"比利说。他坐在我床前地板上铺着的那块小小的编织地毯上。"我还是更喜欢你以前的房间,那儿更像个房间,光线也更好,也没什么味儿。"

"味儿?"我说,"什么味儿?"

"你没闻到?"比利问道,皱着鼻子像只兔子似的嗅着。

"这儿闻起来还好啦。"我说,"史蒂夫,你没闻到什么,是吧?"

史蒂夫用鼻子深深地吸了口气。"是。"他说。

我们等了一会儿,看着史蒂夫,但他没再多说。"是?你这是闻到了还是没闻到?"比利问。

"我当然是闻到了,"史蒂夫说,"我的嗅觉功能在工作呢。"

"你的旧工厂什么?"比利问道,"我没闻到什么旧工厂的味儿，倒像是什么奶酪的味儿。"

"嗅觉功能，"史蒂夫说，"嗅、觉、功、能。你的鼻子和气味腺，你的嗅觉。"

"哦，"比利说，"你的意思是你又在卖弄你的词汇量了。"

"准确。"史蒂夫说着笑了，"或者说毋庸置疑，或者说……"

"我们来玩《大富翁》吧。"在事情变得更糟之前，我赶紧说道。有时候史蒂夫真的很讨厌，有时候他也真能把比利惹毛了。

我走到玩具柜前，把《大富翁》棋拿出来。史蒂夫挨着比利，在地板上坐下。"我要当银行家。"我说。

"当然。"比利说。

"皮弟总是当银行家，"史蒂夫说，"也总是赢。"

"你这是什么意思？"我说。

史蒂夫耸耸肩。"没什么。"他说这话的样子可是意味深长，才不是没什么。

"看在皮弟的分上，我们能好好玩游戏吗？"比利叫道。

我挨着他们坐在地板上，把棋盒摆在面前。然后，

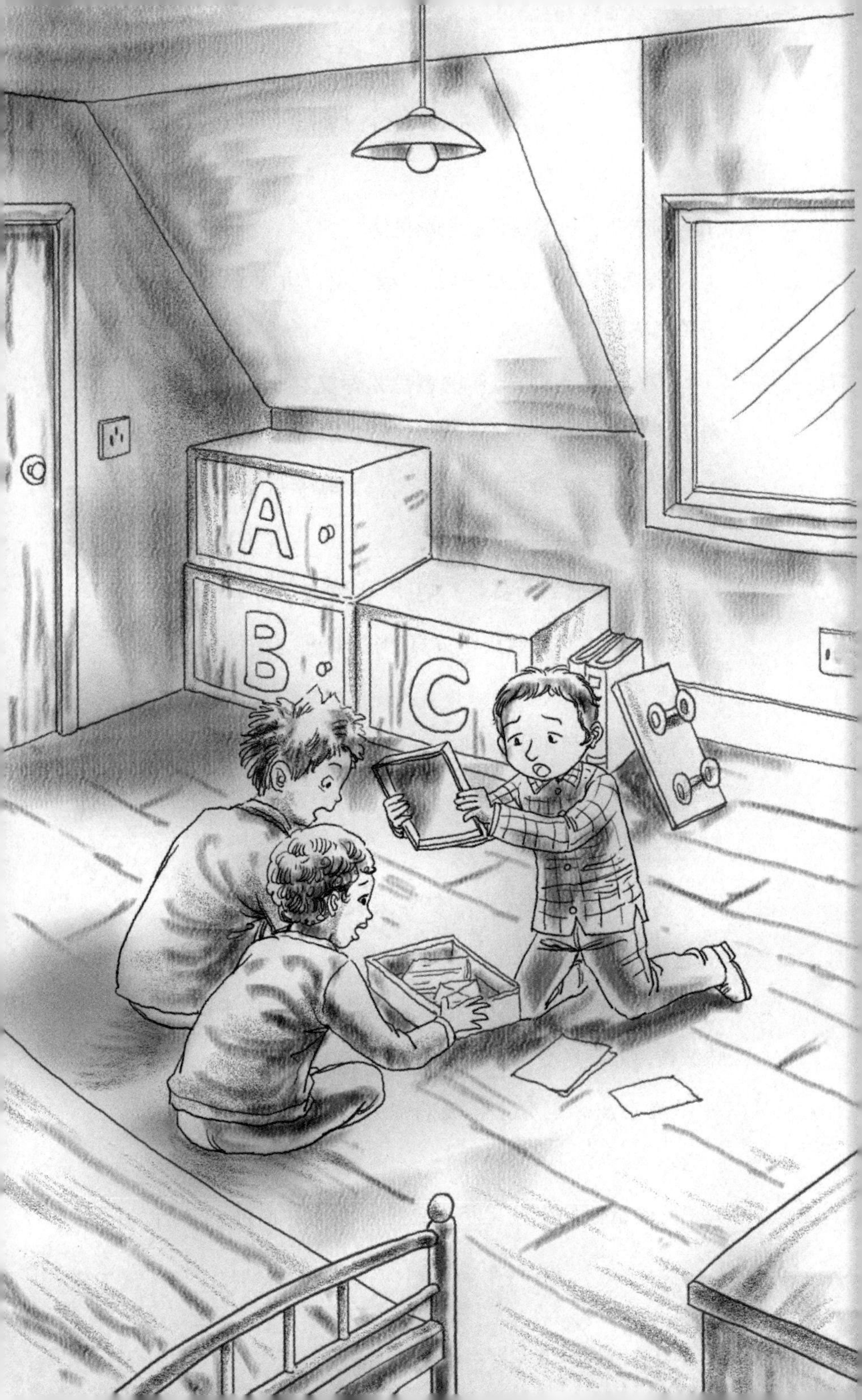
A
B
C

我打开盒盖，眼前的景象真让人难以置信。

棋盘还在盒子里，好好的，但除此之外，别的什么都没了。

没有钱，没有玩家代表物，没有财产，也没有规则。倒是有一张叠起来的纸。我展开纸，是张字条，用圆珠笔写的。上面写着：

> 这游戏两个人就能玩。
> 但你们现在玩不了了。

底下的署名是：**老男人**。

25

脏话

比利和史蒂夫说了什么我就不照实写在这里了。我知道我说过发生过什么,我就写下什么,但他们的话我真的不想写在纸上,尤其是写在一个给老师看的故事里。

所以,我只好用一些符号来代替。

"我简直不敢相信,"比利说,"他怎么能有这么@#%¥#%¥的想法。"

"没错,"史蒂夫说,"简直就是¥%¥。"

"只有@#¥才会玩这种卑劣的把戏。"比利说。

"等等,"我说,"别那么说我外公。"

"我想怎么说就怎么说！"比利说道，他真的气疯了，"他就是一个￥％￥。你能否认这一点吗？"

"他才不是￥％￥！"我大声说道，"我外公是个了不起的人。"

"但他玩了这种卑劣的把戏。"史蒂夫说。

他说到点子上了。这确实很卑劣。"也许吧，"我说，"但他这样做也情有可原。别忘了是我先发动战争的。"

好吧，这两个家伙还说了好一会儿，把我外公说得更难听了。我一直在为外公辩护。过了好一会儿，我们仨才平静下来。然后，史蒂夫脸上浮现出古怪的表情，闭上了嘴，而比利还在喋喋不休。

"其实局势可能更好了。"史蒂夫说。

"什么就更好了？"比利问。

"他上钩了，你没发现吗？"史蒂夫说，"我是说，他现在加入到游戏中了，他想玩。这很好啊。"

"我们现在玩不了《大富翁》了，你还说很好。"比利说。

"你已经把你外公卷进来了，"史蒂夫无视比利，继续对我说，"他感觉到压力了。现在你得奉陪下去。"

"怎么做？"我说。

"进攻，进攻，再进攻。"史蒂夫说。

"是啊,"比利说,"再出击一次。"

"我不那么确定。"我说,其实以前我也不确定。

"烧了他的内裤!"比利叫道。

"什么?"我以为我听错了。

"潜进去,偷出他所有的内裤,然后全烧了。没有内裤,一个男人哪儿也去不了。"

"那你要怎么烧内裤?"我讽刺地问。

"扔进壁炉啊。"比利说。

"别傻了。"我说。说什么我也不会靠近我家的壁炉的,更别说把内裤扔进去了。

"那就撕碎,"比利又说,"或者直接扔进垃圾桶,反正要做。"

"我才不会。"我说。

"你根本就不是什么秘密战士,"比利说,"你就是个懦夫。"

"我还是个外孙,"我说,"有些事我是绝对不会做的,就算你们再撺掇也不会。"

"懦夫!"比利说。

"这不是你的战争。"我说。

"¥#%#!"比利这样叫我,他知道我根本不是这样

The War with Grandpa

的人。我没回嘴。

"你得做点什么。"史蒂夫说。

"我会的。"我说。

"做什么呢?"史蒂夫问。

"我还不知道。"

"什么时候做?"

"某个时候,在某个地方。"

史蒂夫和比利一起嘲笑起我来。很快他们俩就走了,两人都很生我的气,我也很生他们的气。

总之,外公的第一次袭击非常成功,一举拿下三个好朋友,成功地让他们彼此反目。

26

摇椅摇啊摇

你可以赌上你的性命,那两个男孩一走我就去找外公了。但外公太聪明了。他在厨房里晃荡,而妈妈正在那儿准备晚饭呢。之后,他又跟珍妮玩了几手牌。到那会儿爸爸就下班回来了。

我一直没找到和他单独说话的机会,直到第二天放学。我回到家的时候,他正在我的房间里。他的大工具箱也在我的房间里,而他正坐在我的床上,用小刀削着一小块木头。"哈罗,皮弟。"他友好地打着招呼,"今天上学怎么样?"

我放下书包。"你管得太宽了。"我说。

"好,好。"外公说。

"你怎么知道我们要玩《大富翁》?"我问他。

"啊哈,"他笑笑,"这可是军事机密。"

"我猜你一定觉得很好玩。"

外公咯咯地笑起来。"不好玩吗?你们几个小伙伴聚在一起,正准备玩游戏,结果呢——哇哦!"外公拿起那块小木片,在我的摇椅边跪下。然后,他试图把木片塞进椅背上的眼儿里,那是扶手老是松动的地方。"试试就知道太大了。"他说。

"你在给我修摇椅。"我说。

"我尽力。"外公说,他拿出一张砂纸,开始疯狂地磨那块小木片。

"你要把它再粘起来吗?"我问。

"不是,"外公说,"粘可不管用。我要把它重新钉好,皮弟。你看到扶手后面的这个眼儿了吗?我把钉在里面的木钉起出来了。这个木钉之前是用来固定摇椅后面另一个眼儿的。"外公试图把那块小木片钉进去,但它进不去,"再用砂纸磨磨就好了。"他说。

"我的《大富翁》游戏里的那些东西呢?我能把它们

要回来了吗?"

"还没到时候。"

"那要等到什么时候?"

"要等到我们的小分歧——或者不管你是怎么称呼它的——要等到这事结束的时候。"

我看着外公,但他正忙着用砂纸磨木片呢。"我不认为这是公平的。"我说。

"这是不公平。"他说,"咱们就当作你的那些《大富翁》配件是战俘吧,一等到咱们缔结和平条约,它们就能被送回。"

"我不会跟你缔结和平条约,除非你放弃我的房间。"

"那它们就得被俘很长时间了。"外公说。

他拿起一把钳子,从中间夹住木钉,然后把它塞进摇椅扶手上的眼儿里,旋转着按了进去。看起来这需要很大的劲儿,但外公有一双大手,还有很壮的肌肉,最终它被塞进去了一半。"行了。"外公说,"结实得都像直布罗陀巨岩[1]了。"

"我把你的拖鞋还给你了。"我说。

---

[1] 直布罗陀巨岩也被称为"海格力斯之柱",是位于直布罗陀境内的巨型石灰岩。——编者注

"那拖鞋好像是我自己爬上楼找到的，"他说，"我可没看见你把它们递过来，皮弟。"

我琢磨着。外公放下钳子，从工具箱里拿出了一只锤子。那锤子头包裹着橡胶。

"我会让你为此付出代价的，"我说，"秘密战士会再次出击。"

"我知道，"外公说着笑了，"这才有意思。"

我简直不能相信他会这么说。"你觉得这很有意思？"

"当然了。"他回答，"哦，我花了一点时间才想明白，然后意识到了一些事。我差点就该死地失去了我所有的幽默感。我已经很多年没有过过好日子了，反正去年很糟糕。想象一下，我居然会那样打你，多蠢啊。"他将摇椅椅背上的眼儿和扶手上塞着的木钉校准到一条一直线上，"现在，瞧着，皮弟老男孩。"

当——当——当！这就完事了，外公的锤子就锤了稳稳的三下，扶手就又牢牢地连在摇椅椅背上了。我坐在摇椅上，试着摇了摇。就像外公说的，很结实。

"你是个好修理工。"我说，"谢谢。"我亲了亲他的额头。

"我是最厉害的。"外公说，"你知道，皮弟，我过去常常从地基开始，盖起一整座房子。如果不是因为这条废腿，我现在还在盖房子。但我已经开始感觉好起来了。找回往日的雄风，我想。这个家里还有很多东西需要修理，这就是我的工作，伙计。"

他给了我一个拥抱，这感觉很好。但当他放开我的时候，我看着他说："你对我的《大富翁》游戏玩的把戏，我会报复的，你要知道。"

"你当然会。"他说，然后大笑起来，"我简直都等不及了。"

27

钓鱼

我想了很久该怎么报复外公。这可不容易。有很多事情我可以做，但也有很多事情我永远都不会做。比如，烧掉他的内裤。我不想做那些以后想起来会后悔的事。

我想过，也真的试图去偷他的工具箱，想藏起来。但我发现那东西实在太大、太沉了，光是想想把它从地下室拖出来，扛上三层楼，藏在阁楼里，我就累死了。

然后，我知道我该做什么了。但在逮到机会去执行之前，我跟外公在一起待了一天，我想先说说这事。

星期五晚上，外公问我去钓过鱼没有。我告诉他没有，从没去过。我爸爸又不是渔夫。我唯一一次见到活鱼，还是在鱼店的大水族箱里。可能你会说，在饭店里见过一次的龙虾也该算上，但那是煮熟了的。或者我养了一星期就死了的金鱼也该算。

"是这样的，"外公说，"我正在想明天早上出门，给大家抓几条比目鱼回来。要是你能和我做伴的话，我会很感激的，皮弟，我想你也会很喜欢的。"

我不确定是不是会喜欢。"你会出海吗，会吗？"我问。

"不会，我们去冷泉港，就到离海岸几百码[1]的地方。"

"那是哪儿？"

"开车不太远，离这儿三十英里左右。"

"我们不会遇到那些危险的大家伙，对吧？"

"比如什么东西？"外公问道。

"大白鲨。"

外公笑起来。"好吧，"他说，"我还从来没想过这个。我不认为我们会遇上大白鲨，皮弟。至少，我去那儿钓了那么多次鱼从来没有遇到过。"

"那好吧。"我说，松了一口气。

外公告诉我第二天要起很早，但当他叮嘱我把闹钟

---

[1] 一码等于三英尺。——编者注

定成凌晨四点半时,我简直不敢相信。"那可是半夜。"我说。

"要想智取比目鱼,你就得起得非常早。"他说。

你曾经在凌晨四点半醒来,从被窝里爬出来吗?那时外面还是黑漆漆的一片。我梳洗完,穿上了外公要我穿的衣服:旧牛仔裤、T恤、法兰绒衬衫,再套上一件旧毛衣,外面穿一件带兜帽的运动夹克。外公在楼下的厨房里,正在做要带的三明治。

"夹的是火腿和腊肠,"他说,"合你口味吗?"

"行的,"我说,"我的不抹芥末酱。"

"好。"他说,"出去钓鱼永远都不要带夹有吞拿鱼或者其他鱼肉的三明治,那会把鱼吓跑的。"

"怎么会?"我问。

"不知道,"外公说,"但我相信这是真的。"

他把装三明治的袋子放进一个塑料拉链包里,包里还用保温瓶给我带了一瓶冰牛奶。他还带了一个很大的旧保温瓶,说是要在去钓鱼的路上装热咖啡。外公告诉我,如果我饿了,可以先吃点面包或者薄脆饼干,因为我们还要等一个小时左右才能吃早饭。我告诉他,我不饿,我就是困。

我们走到门廊，跨入漆黑的早晨。我瞅了瞅门口的牛奶箱。"送牛奶的都还没来，我们就要出发了，"我说，"为什么非得这么早去钓鱼？下午的时候鱼不是还在那里吗？"

"因为潮汐。"走向妈妈的车时，外公说道。坐上副驾驶座之前，我瞥了一眼漆黑的天幕。那些星星看起来就像星号。

外公缓慢而小心地开过城里的街道，然后上了州际高速。"满潮的时候，"外公跟我解释，"是大多数鱼进食的时刻。潮水涌进港口，会带来大量鱼爱吃的东西。所以，如果你把鱼钩扔进高涨的潮水中，瞧，鱼先生就会想，'这儿有一口美食呀'，它就咬上了你的鱼饵。这就是我们今天早上七点必须赶到那里的原因。今天满潮来临的确切时间是九点零七分。"黑暗中，他看向我，"你知道潮汐是怎么回事，是吧？"

"就是水位变高或者变低。"我说，"但这是怎么造成的呢？"

"月亮。"外公说道。

我以为他在开玩笑。"不是星星吗？"我说，"或者，也许是山啊树啊？"

The War with Grandpa

外公咯咯地笑起来。"不是，就是月亮。满月的时候，潮水是一个月中最高的。这是万有引力，皮弟，是真的。改天你可以查查。人类一直在记录潮水的起落，他们能够提前很多很多年告诉你每一次潮汐会在什么时候来。潮汐是非常重要的。"

"那必须的，"我说，"它都能在凌晨四点半把我从床上拉起来，对吧？"

过了一小会儿，我们停下来，在一个路边餐馆里吃早饭。现在才凌晨五点，这真是有生以来我吃得最早的一顿早餐。外公让餐馆的女服务员给他的保温杯里灌满咖啡，我们就又上路了。

外公一边开车，一边跟着收音机里播放的一首歌哼唱。他看起来非常开心。我们前方的天空开始明亮起来，黎明就要到来了。"这样是不是很棒？"外公笑着对我说，"整条路上只有我们两个人在赶路，自由自在，无拘无束。你喜欢这样吗？"

出门和外公单独待在一起，确实感觉很好。

当金色的太阳即将从天际喷薄而出的时候，我们赶到了冷泉港。外公朝海边开去，把车停在"比尔的船舶和鱼饵店"附近。在这里，我必须得说几句真话：这店

我和外公的战争

里闻起来真是糟透了,应该立一条法律来约束一下。它闻起来就像有一堆鱼在那里腐烂了一年,那味道足以让我们全班,不,全校同学都恶心得吐出来。

我们买了两小桶鱼饵,然后从码头的另一边走下去,那儿拴着很多划艇。外公帮我穿上救生衣,他自己也穿了一件。接着,我们把所有的东西都扔到了划艇上。船底很大很平。外公把我们的钓竿和索具塞在前面的座位

The War with Grandpa

下，然后帮助我跳上船。"安全第一。"他告诉我，"不要站起来，坐好了就别乱动，要是想挪地方得提前告诉我。"

"知道了，知道了，长官。"我说，这让他笑了起来。

外公解开船绳离开码头，支好船桨，使劲划入港口中。海面整洁干净，我们坐在小艇中驶过光滑的水面，阳光在水面上跳舞，一阵凉风拂过我的脸颊。"我好喜欢。"我对外公说，他笑了。

我和外公的战争

关于这一天的经历我还有很多很多事要写，但这一章已经太长了。我本来还想写外公教我怎么把虫子或者一小片贝肉穿在鱼钩上做鱼饵；想写怎么把鱼钩扔进水里，直到觉得到了底，然后怎么恰到好处地拉紧绳子；还想写当一条比目鱼上钩了，开始挣扎跳跃时，那感觉是多么美妙；还有你该怎么小心缓慢地把它拉上来，甩到船里。

那一天几乎每件事都非常棒。我们钓到了好多鱼，有二十多条。我饿极了，九点之前我就吃了一个三明治。我学会了怎么划桨，挺难的。但回来的时候，我从半途一直划回了码头。我还学会了怎么把鱼弄干净，以及怎么刮鱼鳞。

这真是一次冒险。兴奋、刺激，还有一点点危险。每分每秒我都很喜欢。

"我们以后还要来。"回家的路上，我告诉外公。

"我们一定会再来的。"他说。

后来，我们经常一起去钓鱼，那天之后又去了很多次。有一次我们甚至把珍妮也带去了，她也很喜欢。但我永远也忘不了第一次和外公一起去钓鱼的经历。

这样你就能明白那天晚上我潜入我的旧房间去偷外公的手表时，为什么会有一点点难过了。

28

来硬的

没过多久外公就发现手表丢了。我猜他也不用走来走去，找它究竟去哪儿了。

第二天早上，他上楼来了。那是一个星期天，我正在等爸爸妈妈来叫我起床下楼去吃早餐。听到外公要进来了，我赶紧抓起一本书，假装在看。

外公很轻地敲了敲我的门，然后推开一条缝向里看。"醒了，我知道。"他说。他走进来，坐在我的摇椅上。他还穿着睡衣、睡袍和拖鞋。"今天早上发生了一件很有意思的事。"他说，"我本来要戴手表，你猜怎么着？它好像从我的抽屉柜上消失了。"

"是吗?"我随意地问。

"事实就是这样。"

"哦,"我说,"可能昨天夜里家里遭小偷了,小偷把它偷走了。"

"我不这样认为。"外公说,"我的钱包还在抽屉柜上呢,它就跟手表放在一起,可它摸都没被摸一下。里面还有好几美金呢。"

"可能是个笨贼。"我说,"或者这个贼只想要一只手表。"

外公看着我笑了。我不怪他,这话我自己听着都挺可笑的。"你怎么没留下张字条呢?"外公问。

"我以为我们已经过了那个阶段。"我说。

"也许吧。"

"是我拿了你的手表,"我说,"这事我们俩都心知肚明。"

外公似乎微微摇了下头。"我还以为我们的小战争已经结束了,"他说,"尤其是在昨天之后。跟你在一起钓鱼我很开心,皮弟,你是个很好的同伴。"

"嗯,"我说,"不光你这么想,我也是这么想的。我跟你一起度过了有生以来最棒的一天,但是——"我说着,耸了耸肩,"这也改变不了什么,外公。"

"我明白了。"

"有些东西是我想要而你又占着的,除了为属于我的东西而战,我不知道还能做什么。"

"真糟糕。"外公说,"但是你看,皮弟,我还有一个特别的理由来要回我的手表。它是你外婆送给我的礼物,你知道,是在我们结婚四十周年纪念日的时候。我很宝贝它,我的孩子。"

好吧,这会儿我觉得自己真是这个世界上最痛苦、最卑鄙的人了,但我并不打算放弃。"它在一个安全的地方,外公,"我说,"我会保管好它的。"

我根本不用特意去保管它,因为它已被好好地包了起来,舒舒服服地待在我的一双白袜子里,藏在我露营箱底部的一个网球筒里。

"我要是找找,没准能找到。"外公说。

"我可不这么认为。"我说。

"我很擅长找东西。"外公说,"等你去上学了,皮弟,我就有一整天的时间把这个地方翻个底朝天。"

"你就是找上一百万年也不可能找得到。"我说。

外公叹了口气,在摇椅里晃了几下。"我倒希望你自己把它还回来。"他说。

"没门儿。"我说,"除非你把我的房间还给我。"

"这话我之前已经听过了。"他说,"如果我说'求你'呢?"

"你瞧,外公,"我说,"你要做的就只是去跟我爸妈说你想跟我换房间,这很简单,不是吗?"

外公在我的摇椅里轻轻地摇着,盯着我的眼睛看了很久。"你真像一盘坏了的磁带,你知道吗?"他说。

"我只想要回属于我的东西。"我说。

"所以,"外公说,"我们只能玩硬的了,是吗?"

"我可不是在玩,"我说,"没有房间,就没有手表。"

"足够公平。"外公站起来,缓缓地走向门口,"但从现在开始,"他接着说,"你最好当心点。"

29

等另一只鞋子落地

你曾经有过明明知道有什么可怕的事情要发生,却又偏偏不知道它什么时候发生的感觉吗?

这就是外公在等着回击我之前,我的感受。这是他真正聪明的地方。这样做非常残忍,如果你想知道真相的话。整整一个星期我都转来转去,都快疯了。我是说,当你知道有人要对付你,而你又不知道他会怎么做、什么时候做时,你很难保持冷静。

好几个夜晚我躺在床上,无法入眠,总是想着打击什么时候会来。这让我想起古时候的一个希腊人,他的名字叫达摩克利斯。有一次，他去参加一个宴会，宴会上有人用一根头发丝拴着一把剑悬在他的头上——那要么是一把很细的剑，要么就是那根头发真的很粗。但无论是哪种情况，等着一把剑随时落下来把你大卸八块的感觉都不会很舒服。

我觉得自己就像待在牙医的诊所里，等着轮到我，想象着那将会有多疼。在学校里，考试前脑子一片空白的时候，我也会有这种感觉。那会儿就算你问我叫什么名字，我都有可能答不出来。

外公还总是刺激我，这简直是添乱。

"你看起来很紧张啊。"他这么说。

"是啊，看在上帝的分上，"我这样回答，"我真希望你已经出手了。"

"要有耐心。"他说，那意味深长的笑能让我发毛。

心理战，对吗？我是说，他正在搅乱我的思绪。他等的时间越长，我的思绪就越混乱。有一天，我把一本课本落在了家里，也就是忘了，我知道为什么会这样，因为我一直忙着担心他到底会对我使什么手段。

一天下午，外公给我讲了一个笑话，说的是一个人住在楼下，住在楼上的人晚上睡觉时只脱下一只鞋子扔在地板上，楼下这个人就怎么也睡不着了，一直在等楼上那个人扔下另一只鞋子。

　　我可不觉得这很好笑。

30

间谍珍妮

就在那个时候，在我等另一只鞋子落地的时候，发生了一件事。那是个下雨的星期天。妈妈在厨房里烘烤什么东西，还加了肉桂，所以整个屋子闻起来香极了。珍妮在帮妈妈的忙。过了一会儿，大概是珍妮帮忙帮过头了，妈妈把她从厨房里轰了出来。那时，外公正和我一起在客厅里坐着。爸爸在楼上小睡。

接下来的一件事，我和外公都看到了——珍妮走了进来，拿着我的《大富翁》游戏，也就是我那个空空的《大富翁》游戏盒子，里面所有的骰子啊、卡牌啊都被外公藏了起来。"我们来玩吧。"珍妮说着,把游戏盒子放在茶几上。

"啊咳。"外公开口了,像在咳嗽。

"你从哪儿拿来的?"我说,装作很生气的样子。

"从你的玩具柜里啊,"珍妮说,"你一直都放在那里。"她说着就要打开盒子,我一手按住盒盖,阻止了她。

"你没经过我的允许就进入我的房间,还偷走我的游戏?"我大声说。

珍妮奇怪地看着我。"什么意思?偷走?"她说,"它就在这儿啊,我还以为我们可以一起玩,你、我,还有外公。"

"这主意真蠢。"我说。

珍妮眨巴着眼睛看着我。"你怎么回事,彼得?"她问,"你很奇怪啊。"

"我不想玩《大富翁》,好吗?"我说,"这是我的权利,你知道,当一个人说不想玩《大富翁》,那就没有人能强迫他玩。所以,我要把这游戏拿走。"

我没想到珍妮会猛地抽走盒子,但她真的这么做了。然后,她打开了盒盖。"你要这么小气的话,我就跟外公一起玩了。"她说。

我看向外公，他也正看着我。我们俩都知道接下来会发生什么。

"嘿，里面那些卡牌、配件什么的都去哪儿了？"珍妮问，"这儿只有块棋盘，其他什么也没有啊。"

一阵长长的、尴尬的沉默。珍妮看看我，又看看外公。我不知道该说什么，外公开始吹口哨。

接着，珍妮发现了那张我愚蠢地留在盒子里的字条。

"'这游戏两个人就能玩'，"她念道，"'但你们现在玩不了了。'署名'老男人'？"她看起来很困惑，"谁是老男人？"她问，"为什么那些配件都不见了？"

"嗯，"我说，"这事有一个非常简单的解释。"

珍妮在等，我也在等，因为我还没想到什么非常简单的解释。

"这里有可疑的事情正在发生。"珍妮说。

外公清了清嗓子。

"你们俩都很清楚，而我还蒙在鼓里。"珍妮说，"你就是这字条里的老男人吧，外公？你在跟彼得玩什么把戏吗？"

"我？"外公叫道，"我？别傻了，我为什么要跟彼得玩什么把戏？"

The War with Grandpa

珍妮犹豫了不到一秒钟。"就是你，外公，所以你才看起来这么内疚。我希望你能告诉我，你知道的，我很能保守秘密。"

"胡说八道！"外公怒气冲冲地说，就像受到了侮辱似的，"我敢打赌，这肯定是彼得的一个朋友干的。对不对，彼得？"

"啊？"我说，"呃……对。"

"哪个朋友？"珍妮问。

"年龄大一点的那个。"外公说。

"对对，"我说，"是史蒂夫干的。他比我大很多，有时候他管自己叫老男人。"

"史蒂夫才没有比你大很多。"珍妮说。我想，她以后一定能成为一个了不起的侦探。

"他当然比我大很多了，"我说，"大好几个月呢。"

"那史蒂夫把大富翁的配件都藏到哪儿了？"珍妮问，"你为什么不都拿回来，彼得？那样我们就能玩了，好不好？"

"呃……"我说。

"你上楼去拿下来，皮弟，"外公说着从沙发上站了起来，"我也正好要去房间里拿件毛衣。这里好像有点冷。"

我马上领会了外公的意思。我跑回我的房间,假装去拿《大富翁》的配件,而外公呢,就去他的房间里把配件从藏着的地方取出来。我在我的旧房间外跟他会合。"真悬啊。"他说,把装着《大富翁》配件的塑料袋递给我。

我把他的手表递给他。

"谢谢。"他说着把手表戴上。

"这并不意味着我就放弃了。"我告诉他。

"当然。"外公说,"我还欠你一次攻击呢。没准哪天我就会把另一只鞋子扔下来。"

然后,我们一起回到楼下,跟珍妮玩大富翁,一直玩到吃晚饭。

31

鞋子落地——扑通

事情真正发生的时候，我当然完全没准备好。那是一个平常的星期三，一个星期的中间，上学的日子。我注意到的第一件事，是我的收音机闹钟没有按时响。平常我总是在七点钟起床，但那天我醒来的时候已经七点十五了！

我一下子从床上跳起来，因为脚被毯子绊住，我摔在了地板上。我注意到的第二件事，是我的拖鞋不见了。平常我总是在睡觉前把它们放在我的床边，为什么它们现在不在那儿？

我和外公的战争

我浪费了一两分钟在床底下、衣柜里找它们。就在那时，我突然想到了——这正是外公的报复！就是这会儿，这个早上。这就是为什么闹钟迟了，我的拖鞋也不见了。

我赶紧光着脚冲进卫生间去洗脸、刷牙。牙刷不见了！它就是不在那儿。洗手池上的塑料水杯里有一张字条，上面写着："用你的手指吧。"

多么卑鄙的把戏！

我像个傻瓜一样站在那儿，一面想冲到楼下前厅的衣柜里去拿妈妈放在里面的新牙刷，一面又不想浪费这个时间，因为我已经比平常晚了。于是，我把牙膏挤在手指上，刷了刷牙。真是恶心。

我赶紧冲回房间。我做什么都不想迟到，而且最恨上学迟到。接着，我打开放内裤的抽屉，却发现它是空的！

里面也有一张字条，上面写着："内裤在走廊前厅的衣柜里。"我冲出房间，跑去前厅。那里放着我所有的内裤，在很高的一层上。我抓下一条内裤和一件 T 恤，跑回房间穿上。就在那时，我打开装袜子的抽屉看了看，它也是空的。

现在我快气死了。我很慌，是的，但也很生气。装袜子的抽屉里的字条上写着:"袜子在卫生间洗手池底下的柜子里。"

我呻吟了一声,骂了一串不该骂的脏话。外公把我穿衣服这事变成了一场寻宝游戏。我再次跑到卫生间,打开洗手池下的柜子。我卷起来的袜子散落在象牙皂、手纸卷和一瓶"干净先生"洗涤灵之间。我抓起一双,跑回房间穿上。

到这时我才明白,外公这些卑劣的把戏还远远没完。我是对的:我挂在衣柜里的法兰绒衬衫还都好好地挂着,但都被翻过来了。我抓起一件,把它翻好后穿上。自然我没能扣好扣子,不得不重新扣一遍。我那用皮带孔挂在钩子上的牛仔裤也同样被翻过来了。我把它翻好了穿上,然后发现皮带不见了。见鬼去吧,我想。我已经晚了很久了,没有时间再担心像皮带这样的小事了。

但就在那时,我发现我的运动鞋上没有鞋带。

我站在那里,盯着鞋子。我的嘴大张着,就像我的鞋帮敞着一样。我听到妈妈在楼下喊:"彼得,你要迟到了,甜心。"

一只鞋里有张字条:"鞋带在厨房的操作台上。"

我蹬上鞋,想跑下楼去,却发现根本没法跑。没有鞋带的鞋子松松垮垮地套在脚上,我只能像个疯子一样走着,努力不让鞋子踢掉。我下楼走得非常慢。在二楼的走廊上,外公从我的旧房间里探出头来,他在笑。"嘿,皮弟,"他叫我,"今天早上感觉怎么样?"

"这一点都不好玩。"我说。

"战争就是地狱。"外公回嘴道。他又笑了,这只会让我更恼火。

我终于走到了厨房。我穿着松松垮垮的鞋深一脚浅一脚地走过厨房的地板,跌坐在餐桌旁的椅子里。

"彼得,"妈妈说,"你干吗把你的鞋带扔在厨房的操作台上?"

我灌了一大口橙汁,它就放在我的麦片碗前面。

"你是要我帮你洗鞋带吗?"妈妈问,她看起来非常不解。

"不是,"我说,"这只是个玩笑。"我开始狼吞虎咽地吃麦片。

珍妮已经吃完早饭了。"你真的要迟到了,彼得。"她说。

"我知道,笨蛋!"我冲她吼道。

她像看疯子一样看着我,也许我真的有点疯了。

The War with Grandpa

"我得在你吃完早饭前帮你把鞋带穿好。"妈妈说。我踢掉运动鞋,这并不难。妈妈在我旁边坐下来,帮我穿鞋带。

这回我真是吃够了早餐。我又气又急,根本一点也不饿。我抓起妈妈已经帮我穿好鞋带的那只鞋子,穿上,系好鞋带。妈妈还在穿另一只。"你能快点吗?"我对她说。

大门啪地关上了,是珍妮出门了。至少她上学不会迟到。

"我真不能理解你为什么要把鞋带放在这儿。"妈妈说着,把另一只鞋递给我。我穿上后马上冲了出去,跑向楼梯,像子弹一样冲上我的房间。

我已经做好书包也被外公藏起来的准备了,可书包就放在我的书桌上。唯一的问题是,它是空的。我的书都不见了。

书包里装着另一个无聊的玩笑。"书在前厅储藏室的行李箱里。"

我疯了似的跑到我们存放行李箱的房间里。外公太可恶了,我真想拎起一只行李箱去砸他的脑袋。他在一个行李箱里只放一本书,我不得不打开所有的箱子,才把书都找齐。

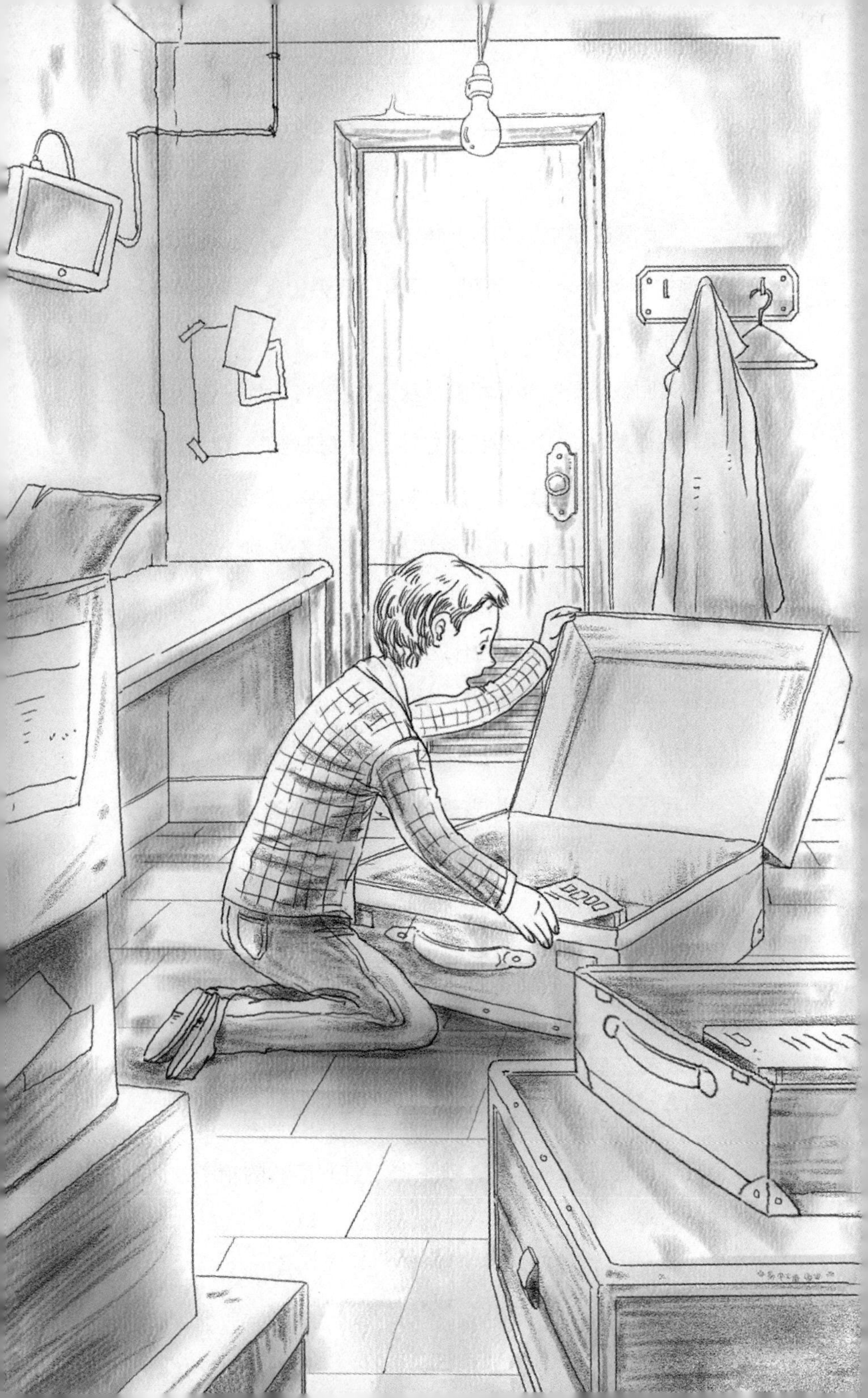

The War with Grandpa

我把书都塞进书包后，跑到楼下放外套的衣柜那儿。我抓出我的夹克，甩在身上穿好，冲出门去。

从我家到学校隔着六个街区。我一直跑，直到跑得几乎喘不过气时，才尽可能快地走着。等我拐过离学校最近的那个街角，我能看到操场上已经空无一人了。这意味着楼上已经开始上课了。

我跑过操场。就在跑进教学楼大门的时候，我记起一件事——我忘记带午饭了。

我跑上楼，找到我的教室，正赶上我的班主任潘加洛斯先生点名。我喘得太厉害了，以至于他点到我的名字时，我几乎喊不出"到"。史蒂夫朝我看过来，问我怎么这么晚才来。

"说出来你都不信。"我说。

32

最后一次战略会议

我们聚在平常坐的桌子旁吃午饭。等一下,这么说并不准确——是比利和史蒂夫在吃午饭,而我,在讨午饭。

我从史蒂夫那儿讨了半个苹果。比利带了一个猪肝肠三明治,他说不喜欢吃,就分了一半给我。我也不喜欢。我们俩都把面包片吃了,留下了猪肝肠。史蒂夫说他会分给我半杯牛奶。"喝剩下的那半。"他说。幸运的是,一个名叫纳桑尼尔·罗宾斯的好心肠的同学,给了我一块花生黄油曲奇。

我给我的伙伴们讲了这个早上所发生的恐怖的事,

他俩都快笑疯了。"偷了你的鞋带,"史蒂夫说,"这真是神来之笔。"

"烦人的把戏。"我说。

"我喜欢他把一本本书放在不同的行李箱里那招。"比利说着,又笑起来。

"等一下,"我说,"你们俩到底站在谁那边?"我喝了一口史蒂夫喝剩下的那半杯牛奶,又温热又恶心。一口就够了。

我们走到操场,坐在阳光下的台阶上。

"你必须得报复你外公。"史蒂夫说。

"毋庸置疑。"我说,这是史蒂夫的词。

"不是简单的手段,我希望。"史蒂夫说,"我想应该是大规模的打击。"

"不会是简单的手段。"我说。

"这次你一定要真正打倒他。"比利说。

"怎么打倒?"我问。

"还没想到。"比利说,"也许,把油漆泼到他头发上?"

我根本没听比利在说什么,因为我已经决定怎么做了。以前我就想过要这么做,但总觉得太过分了。不过既然这次外公这么对我,那这事就正好。

127

"听着,伙计们。"我说,"我知道要怎么做了。这一招很恐怖,本来我不该用的,但我现在决定要用了。还有一件事我要告诉你们:如果这招还不奏效,我就投降。"

"你不能投降!"比利叫道。

"哦,不,我能。"我说,"我会学着适应我那个愚蠢的房间。我不会喜欢它,但我会适应的。否则外公会用更恐怖的办法来报复我,我想都不敢想。"

"你真是个懦夫。"比利说。

"你说得对。"我说,"我想我已经想明白了一些事,战争一点都不好玩。"

33
最后一次袭击

我要做的第一件事就是让外公感到担心。我忘不了在等待外公扔下另一只鞋子的时候,我有多紧张、多害怕。现在我要以其人之道还治其人之身。

我不停地跟他说"你还好吗,外公"之类的话,等他说"还好"之后,我就补上一句"你等着"。

我还练就了一种诡异的笑声"嘿——嘿——嘿"。这笑声我自己听着都瘆得慌。每次在楼梯上从他身边经过时,我都会转过身,盯着他,朝他"嘿——嘿——嘿"地笑。

我不知道这招有没有效果,但我自己感觉良好。

我和外公的战争

我挨过了他害得我差点上学迟到后的那个星期四和星期五。我不想在上学的日子进行报复,而是希望事情发生时我能待在家里盯着所有的进展。

到了星期五晚上,像之前有次做过的那样,我定了半夜的闹钟把自己叫醒。我在黑暗中溜下楼,幽灵般的楼梯对我来说已经没那么可怕了。屋子里静悄悄的,但我更加悄然无声。

门把在我手中被拧开了,我蹑手蹑脚地溜了进去。我要偷的东西在外公床头柜上的水杯里。我拿起水杯,慢慢地退出房间。外公睡得很安静,也很平静,连呼噜都没打。我关上房门,轻松地上了楼。

我把杯子里的水倒在洗手池里,让里面的东西轻柔地落在我的手心。我并不打算弄坏这东西。我从盒子里抽出一大把面巾纸,把这东西好好地包了起来,包成了一个小小的、柔软的包裹。

我已经想好了要把它藏在哪里。阁楼上一个房间的衣柜里有一个很大的西装袋,是一边有拉链的那种。妈妈在里面放了爸爸的几套旧西装和她的几条裙子。我拉下拉链,翻开爸爸一件夹克的口袋,把包裹放了进去。

然后,我折回房间,跳上床,拉过被子盖上。

安然无恙，我成功了。现在我得安静下来，睡一会儿。等到早上，可有好戏看了。

外公醒来后，肯定会非常非常生气。我不会怪他的。偷别人的假牙确实是非常恶心的伎俩。

34

战争结束

我简直不敢相信那夜余下的时间我居然睡得很平静,一觉醒来,我的时钟收音机上已显示早上八点半了。我躺回床上,竖起耳朵听家里的动静。楼下什么地方已经开始有响声了。这会儿妈妈可能已经起床了。周六是她的超市购物日,通常她会带上爸爸去帮忙,如果珍妮和我想去的话,她也会带上我们。

妈妈已经在厨房了。我听见了她开关炉子下面的橱柜的声音。她很可能在准备法式吐司或者薄煎饼,当作我们周六早上的早餐。二楼爸妈的房间里有水流声,那

The War with Grandpa

意味着爸爸也已经起床,在洗漱了。

然后,我听到了一直等待着的动静:轻重不一的脚步声在楼梯上响起,外公一瘸一拐地上楼来看我了。我等待着。

敲门声响起。"进来吧,外公。"我叫道。门开了,外公站在那里。他一只手捂着嘴巴,眼神看起来非常生气。他侧着身子走进房间,把脸扭向窗户,并不看我。"唔特阿西波现了(我的牙齿不见了)。"他说。

我瞪着他。"什么?"

"唔特阿西(我的牙齿),"他说,"伊拿了唔特阿西,系波系(你拿了我的牙齿,是不是)?"

我从床上爬起来。这时,外公转过身去背对着我。"撇叹唔(别看我)!"他说。

听起来他像在说猪语,或者别的什么诡异的语言。

"我听不懂你在说什么。"我说。

"唔特阿西(我的牙齿)!"外公吼道,"还唔阿西,伊个小册(还我牙齿,你个小贼)。"

突然,我脑中灵光一闪,这是外公没有牙时的说话方式。真令人惊奇,真诡异。"你在向我要回你的牙齿,是吗?"我说。

我和外公的战争

外公点点头,手仍然捂着嘴。

"好啊,"我说,"那你得先做点什么。"

"啪嗒,皮特,唔特阿西,唔呼要唔特阿西(拜托,皮弟,我的牙齿,我需要我的牙齿)。"

我在心里翻译了一下这句话。"你需要你的牙齿,是吗?每个人都需要牙齿。但我们还在打仗呢,记得吗?"

"哦,皮特(哦,皮弟),"他说,"撒酱,去伊了(别这样,求你了)。"

"这可不行,"我说,"战争就是战争,要么现在投降,要么我永远也不会还你牙齿。我是认真的。"

外公转过脸来对着我。他的眼神是如此忧伤,几乎要让我哭出来了。他没有牙的嘴瘪了进去,皱巴巴的,整个人看起来那么衰老,那么无助。

光是看着他那样站在那里,看着这个世界上我很爱很爱的人,我就觉得自己简直比蛆虫还要龌龊。

我没办法解释接下来发生的事,只能如实地写下来。

我跑到藏他牙齿的地方,飞快地跑回来把假牙递给他。那副假牙还干干净净地包在柔软的面巾纸里。外公接过去,走进卫生间,关上了门。我听到了洗手池里的水流声。然后他出来了,假牙已经安回了他的嘴里,他看起来又像我的外公了。

我们看着彼此,都没说话。

我转身背对着他,看向窗外。街对面,陶布先生正在修剪他家的草坪。"战争结束了。"我说,"我希望你能原谅我做的一切。我为自己感到羞耻,恨不能找个地缝钻进去,如果这么说能让你好受一点的话。"

"哦,彼得。"外公说着,叹了口气。

"也许这就是战争开始和不断继续的方式。"我说,"你的敌人对你做了很坏的事,然后你又对他做了更坏的事。然后他又报复你,你又报复他,事情就变得越来越大,越来越残忍,直到最后有人扔下炸弹。这就是战争发生的方式,是吗?"

"差不多吧。"外公说。

"好吧。"我说,"对不起,我不该拿走你的假牙。"

"我也有错,"外公说,"别把责任都揽到自己身上,皮弟。"

"是我先开始的。"我说。

"而我任由你去做。"外公说,"我是成年人,我应该更加意识到这一点的。但你知道吗?我竟然很享受,觉得这很有意思。我想我就是需要关注点其他的事,让自己能够忘记悲伤。"

我看着窗外时,外公走过来站在我的身后。他把一双大手放在我的肩上,接着伸出胳膊把我抱在他的胸前。"我们大家都有错。"他说,"你爸妈抢了你的房间,又让你闭嘴,皮弟。这是第一个错误。不让一个人说话,并不意味着他所受的伤害就会自动消失。这件事应该开个家庭会议来商量的,或者用别的形式,让我也参与,然后我们一起来商量我该住在哪儿。导致很多战争的原因就是——不沟通,皮弟。"

"我会在这儿住习惯的。"我说。

"我真的很抱歉占了你的房间。"外公说。

"但我不遗憾你搬来跟我们一起住。"我说。

外公稍稍抱紧了我,亲了亲我的头顶。"你真是个好孩子,"他说,"也是一个打仗的强敌。"

"可我还是输了。"我说。

"是,"外公说,"但我也只是险胜。"

35

干杯

　　那天早饭后，妈妈、爸爸和珍妮一起去超市了，我选择待在家陪外公。外公坐在厨房里，喝着第三杯咖啡。看起来他在使劲儿想着什么事。"你知道，"他说，"除了占用你的房间，应该还有别的办法能让我在这儿住着。我们一起来想想，皮弟。"

　　"家里就只有这么多房间。"我说。

　　"对。"

　　"我是说，你又不可能睡在厨房里，或者餐厅里。"

　　"客厅也不行。"外公笑着说。

"对。顶层也不行,你的腿不好,爬两层楼太费劲了。"

"冬天门廊下面又太冷。"外公说。

"睡在那儿太傻了。"我说。

"就是。"他说,"而且,每天早上,送报纸的、送牛奶的,会一直吵得我睡不着。"

"外公,严肃点。"我笑着说。

他用一只手从额头上抹到下巴,抹掉了笑容。"好,严肃点。这座老房子里还有什么地儿?"

"地下室,"我说,"但那是爸爸的办公室。"

"唔,对了。"外公说,"我差点把那儿忘了。他把地下室收拾好了,是吗?在你外婆和我搬去佛罗里达之后。"

"有点脏乱。"我说。

"我们去瞧瞧。"

我打开地下室的门,它就在前厅里厨房的旁边。外公随着我走下楼梯。我拉亮灯。"这里有点黑,"我告诉外公,"天花板上这三盏灯就只剩一盏是好的。"

外公环顾了一下这个大大的房间,瞅了瞅那个小小的卫生间。

"收拾得不怎么样啊,是吧?"他说。

"爸爸不会修房子。"我说。

"所以他当了会计。"外公说。他把爸爸靠在墙边的活动梯子展开,爬上去掀开一块天花板,朝里面看了看。"这些灯的电线没怎么连好,"他说,"但线路是好的。"

他小心地从梯子上下来。"帮我个忙,皮弟,"他说,"快到车库里去,把我工具箱里的那把大卷尺拿来,好吗?拜托你。我看你爸爸的书桌上就有便条纸和铅笔。"

我把卷尺拿来的时候,外公正在自言自语:"暖气管道和下水管道是好的,电线也可以拉过来。总算是个开头。"

外公拿起卷尺,开始在地板上量来量去。他拉卷尺的时候,我给他按着一头。他不停地在便条纸上写着测量数据。然后,他坐在爸爸的书桌前,画了一张整个房间的草图。画完之后,他把纸转过来,好让我看看。

"我想在这儿建一个自己的小公寓,皮弟,"他说,"它会相当舒适的。"

"可这儿有点昏暗,不是吗?"我说。

"哦,我会把这些灯修好,再装几个灯。"

"地板的瓷砖有些都松动了,外公。"

"我会铺地毯的,地毯也能让屋里更暖和。"

"墙也很脏了。"我说。

"贴上墙纸会好一些,看起来也更整洁。我再把这个小卫生间扩大一些，装一个淋浴间。角落那里有煤气管道，你知道。我想我还能在那儿弄一个小炉子，上面装一个壁橱。这样时不时我也能自己煮点东西，或者泡杯咖啡了。"

"听起来有很多工作要做。"我说。

"那儿有扇门通往车道，所以我甚至能有自己的私人出入口了。"

"我不太确定，外公，"我说，"这工程太大了。"

"嘿，皮弟，"他笑着说，"我以前可是盖房子的，记得吗？装修个小公寓只是小菜一碟。你也会帮我的，对吧？"

"那当然了。"

"那就花不了多少时间。而且，这样我就能拥有一些私人空间，家里其他人也能有更多自己的空间了，这应该不是个坏主意。现在我们要做的事就是说服你爸爸。说到底，这是他的房子。"

我有个很不好的想法。"如果他不同意怎么办，外公？"

"我想他不会不同意的，皮弟。"

"但如果他就是不同意呢？我们要跟爸爸开战吗？"

外公仰头大笑起来。"那将会很有意思，不是吗？但不会的，皮弟，不会再有战争了。从现在开始，咱们家里所有的事都要公开讨论。和平地讨论，我希望。"

36

缔结和平

没用多久,爸爸就被说服了,同意把地下室装修成外公的新公寓。但话又说回来,这事也并不像我想象的那么容易。

我知道爸爸、外公和妈妈一起谈了很多次,大多数时候我并不在场。但我在楼梯下的秘密据点那儿,设法偷听了几次。爸爸担心的是这要花多少钱。外公告诉他,他自己有积蓄。"如果我不把这积蓄花在我女儿的房子上,给我的余生修一个能住的地方,那我还能花在哪儿?"

外公这么说以后,爸爸看起来就愿意多了。

但接着,他又担心会失去自己的办公室。"你可以在楼上的客房里办公呀,"外公解释道,"两层楼对你来说不算什么,"外公说,"但对我来说,一层楼就够高了。"

爸爸终于投降了,然后装修工作就开始了。外公把以前为他工作过的人找来帮忙。他们大多晚上才来工作。外公管这叫"月光下的活动"[1],虽然他们其实一直都开着电灯。

我也帮了不少忙。外公教我怎么敲钉子,怎么在墙里拉电线,装灯的时候怎么防止触电。"你原来不想要的,"他告诉我,"却变成了意想不到的经历。"

六个星期多一点,外公的地下室公寓就装修好了,全部完工以后看起来非常漂亮。房间的地板上铺了很好的棕色地毯,安了一个小炉子煮咖啡什么的,还有一把舒服的新椅子,坐上去让人觉得非常放松。爸爸妈妈给外公买了一台彩色电视机,这样当我们在客厅里看别的节目时,他就能在这里看自己想看的节目了。外公的新卫生间特别整洁。有一天,他甚至让我用了他崭新的淋浴间,那感觉太棒了!

---

[1] 兼职的意思。——译者注

但最棒的一天，就是外公和他的朋友们把他的家具都搬进地下室的那天。因为他们把所有的东西放好之后，就去顶层把我的东西都搬回了我的旧房间。

我指挥他们把我所有的东西都放回原来的位置。我想让我的房间跟原来一模一样，一点都不变。我把所有装着棒球卡的鞋盒码成一排，每一个都在原来的位置上。我重新将汉克·阿伦的海报贴好，就贴在抽屉柜正中上方的墙上。

所有的东西都放好之后，外公和他的朋友们就离开了。我躺在床上想了一会儿。我得告诉你，我脸上的笑容抹都抹不掉。我又回到了属于自己的地方，回到了我一直生活的房间。这感觉就像在秋天第一个寒冷的夜晚，我穿上了自己最喜欢的法兰绒睡衣。我的房间很舒服，很适合我。终于，我再次属于它，它也属于我了。

然后，我又想了想别的事情。比如，你不能总是听朋友怎么说，就怎么去做。过着你的生活的不是他们，而是你。你得自己去判断什么是对的，什么是错的。

当我躺在那里，长久地沉浸在美好的感觉中时，忽然听到门上有很大的梆梆梆的声音。我爬起来去看，外公打开了门。

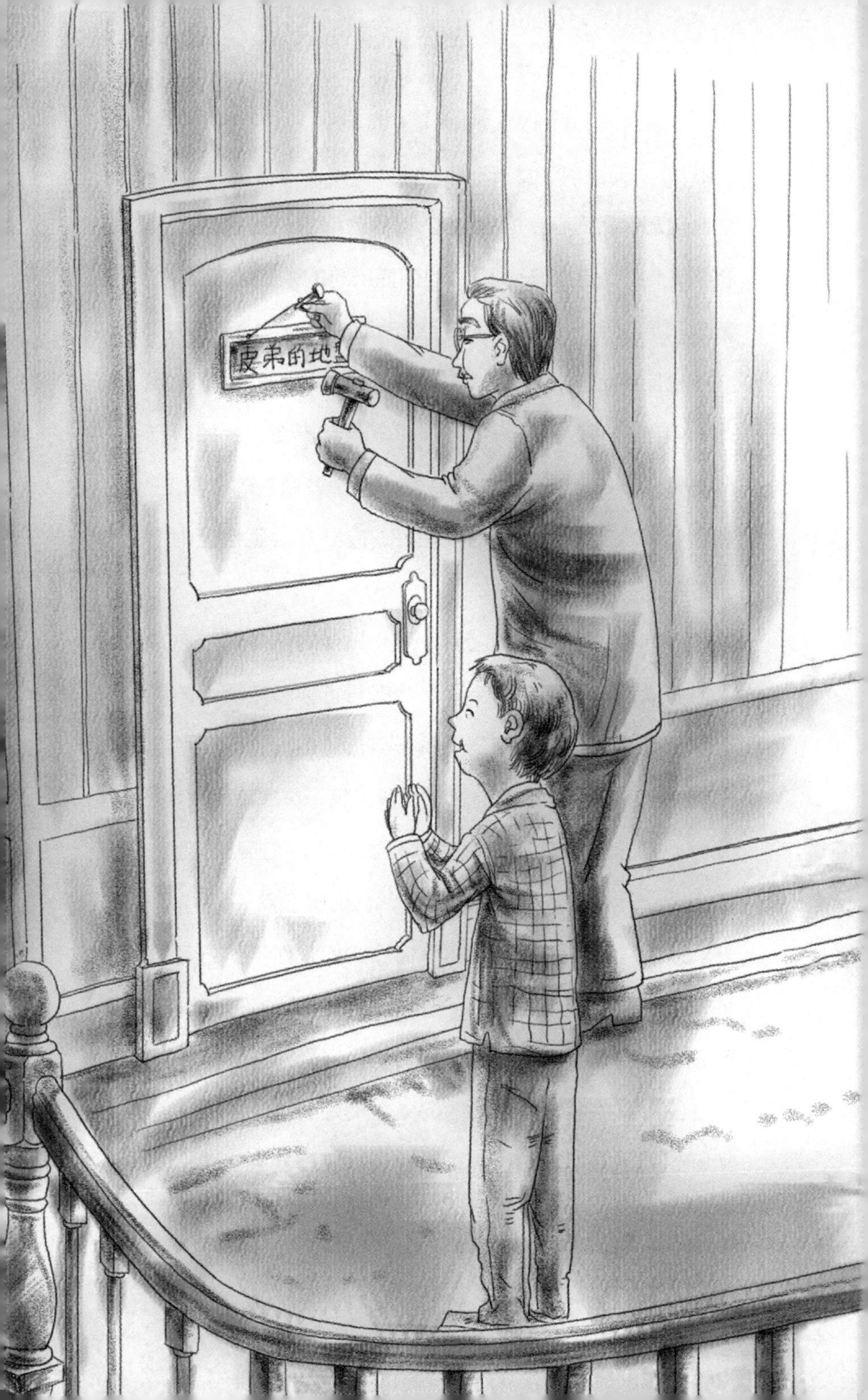
皮弟的地

他手上拿着一个锤子,还有一个要钉的钉子。"我做了个小礼物给你。"他说。他正往我的房门上钉一块木牌,牌子上的字就像是烧进去的,写着"皮弟的地盘"。

我拽住外公,拥抱了他。"太棒了!"我说,"谢谢。"

他给了我一个最好的微笑。"你没有失去你的房间,皮弟,"他说,"你还赢得了一个外公。"

37

致我的老师

最后这章是专门写给您的,克莱恩夫人。

我想谢谢您。在我那么多次想放弃的时候,您一直在鼓励我,还给我延长了这么久的时间去写完这个故事,比如这一整个学期。

我想,也许长大后,我能成为一名作家。

我已经习惯了每天晚饭后溜到楼上爸爸的办公室里去打一章字。有些长章节,我花了整整一个星期才打完,其中有一章甚至花了更长的时间。大多时候,这件事很有意思,但有时候也很难。当我写不下去的时候,我坐在那里，觉得自己笨死了。但当你等的时间足够长，思索得足够努力，而你的妹妹又在不停地烦你，你就又能写出来了。

我知道开头是最难写的部分，之后就会越写越容易。但写到结尾时，我有点难过。我在想，等明天晚上我不来这儿写故事时，我可做点什么好呢？

也许我得开始构思一个新的故事。

不管怎样，这就是彼得·斯托克真实不虚的故事，是他和外公的战争。我希望您会喜欢。

我当然还希望您不会挑出太多的拼写和语法错误。

图书在版编目（CIP）数据

我和外公的战争／（美）罗伯特·基梅尔·史密斯著；
阿昡译 .—昆明：晨光出版社，2019.1（2024.4 重印）
ISBN 978-7-5414-9853-4

I.①我… II.①罗… ②阿… III.①儿童小说－中
篇小说－美国－现代 IV.① I712.84

中国版本图书馆 CIP 数据核字（2018）第 207196 号

THE WAR WITH GRANDPA By ROBERT KIMMEL SMITH
Copyright:© 1984 TEXT BY ROBERT KIMMEL SMITH
This edition arranged with HAROLD OBER ASSOCIATES,INC
through BIG APPLE AGENCY,INC.,LABUAN,MALAYSIA.
Simplified Chinese edition copyright:
2019 Beijing Yutian Hanfeng Books Co.,Ltd.

All rights reserved.

著作权合同登记号　图字：23-2018-078号

WO　HE　WAI GONG　DE　ZHAN ZHENG
我 和 外 公 的 战 争

出 版 人　吉 彤

作　　者	〔美〕罗伯特·基梅尔·史密斯
翻　　译	阿 昡
绘　　者	李明振　贾雄虎
版权编辑	陈 甜
项目策划	禹田文化
责任编辑	李 政
项目编辑	杨 博
美术编辑	沈秋阳
封面设计	萝 卜
版式设计	常 跃

出　　版	晨光出版社
地　　址	昆明市环城西路 609 号新闻出版大楼
邮　　编	650034
发行电话	（010）88356856　88356858
印　　刷	固安兰星球彩色印刷有限公司
经　　销	各地新华书店
版　　次	2019 年 1 月第 1 版
印　　次	2024 年 4 月第 20 次印刷
开　　本	145mm×210mm　32 开
印　　张	5
ISBN	978-7-5414-9853-4
字　　数	77 千
定　　价	22.00 元

退换声明：若有印刷质量问题，请及时和销售部门（010-88356856）联系退换。

金牌小说